共和国的历程

壮 士 出 征

志愿军组建完毕与入朝参战

台运真　编写

蓝天出版社　吉林出版集团有限责任公司

图书在版编目（CIP）数据

壮士出征：志愿军组建完毕与入朝参战 / 台运真编写.
—北京：蓝天出版社，2014. 1（2023.3重印）
（共和国的历程）
ISBN 978-7-5094-1082-0

Ⅰ. ①壮… Ⅱ. ①台… Ⅲ. ①革命故事－作品集－中国－当代 Ⅳ.
①I247. 8

中国版本图书馆 CIP 数据核字（2013）第 321188 号

壮士出征——志愿军组建完毕与入朝参战
编　　写：台运真
策　　划：金永吉　荆忠峰
责任编辑：祖　航　孔庆春
出版发行：蓝天出版社　吉林出版集团有限责任公司
地　　址：北京市复兴路 14 号
邮　　编：100843
电　　话：010--66983715
经　　销：全国新华书店
印　　刷：北京柏玉景印刷制品有限公司
开　　本：710mm×1000mm　1/16
字　　数：69 千
印　　张：8
版　　次：2014 年 4 月第 1 版
印　　次：2023 年 3 月第 3 次
定　　价：29. 80 元

前　言

中华人民共和国自 1949 年 10 月 1 日成立以来，已走过了六十多年的风雨历程。历史是一面镜子，我们可以从多视角、多侧面对其进行解读。然而有一点是可以肯定的，那就是，半个多世纪以来，在中国共产党的领导下，中国的政治、经济、军事、外交、文化、教育、科技、社会、民生等领域，都发生了深刻的变化，中国人民站起来了，中华民族已屹立于世界民族之林。

这段时间放到整个历史长河中是短暂的，有如弹指一挥间，但它带给中国的却是极不平凡的。六十多年里神州大地经历了沧桑巨变。从开国大典到 60 年国庆盛典，从经济战线上的三大战役到经济总量居世界前列，从对农业、手工业、资本主义工商业的三大改造到社会主义市场经济体制的基本确立，从宜将剩勇追穷寇到建立了强大的国防军，从废除一切不平等条约到独立自主的和平外交政策，从"双百"方针到体制改革后的文化事业欣欣向荣，从扫除文盲到实施科教兴国战略建设新型国家，从翻身解放到实现小康社会，凡此种种，中国人民在每个领域无不留下发展的足迹，写就不朽的诗篇。

六十几年在历史的长河中犹如沧海一粟，但对身处其间的个人却是并非无足轻重的。其间究竟发生了些什么，怎样发生的，过程怎样，结果如何，非人人都清楚知道的。对此，亲身经历者或可鲜活如昨，但对后来者却可能只是一个概念，对某段历史的记忆影像或不存在或是模糊的。基于此，为了让年轻人，特别是青少年永远铭记共和国这段不朽的历史，我们推出了这套《共和国的历程》。

《共和国的历程》虽为故事形式，但与戏说无关，我们是想借助通俗、富于感染力的文字记录这段历史。这套丛书汇集了在共和国历史上具有深刻影响的重大历史事件。在丛书的谋篇布局上，我们尽量选取各个时代具有代表性的或深具普遍意义的若干事件加以叙述，使其能反映共和国发展的全景和脉络。为了使题目的设置不至于因大而空，我们着眼于每一重大历史事件的缘起、过程、结局、时间、地点、人物等，抓住点滴和些许小事，力求通透。

历史是复杂的，事态的发展因素也是多方面的。由于叙述者的视角、文化构成不同，对事件的认知或有不足，但这不会影响我们对整个历史事件的判断和思考，至于它能否清晰地表达出我们编辑这套书的本意，那只能交给读者去评判了。

这套丛书可谓是一部书写红色记忆的读物，它对于了解共和国的历史、中国共产党的英明领导和中国人民的伟大实践都是不可或缺的。同时，这套丛书又是一套普及性读物，既针对重点阅读人群，也适宜在全民中推广。相信它必将在我国开展的全民阅读活动中发挥大的作用，成为装备中小学图书馆、农家书屋、社区书屋、机关及企事业单位职工图书室、连队图书室等的重点选择对象。

编　者
2014 年 1 月

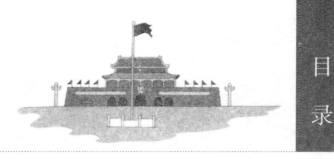

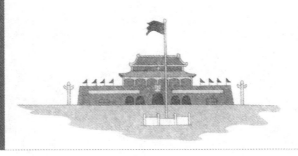

一、 箭在弦上

● 毛泽东号召："全国和全世界的人民团结起来，进行充分的准备，打败美帝国主义的任何挑衅。"

● 周恩来说："中国人民决不能容忍外国的侵略，也不能听任帝国主义者对自己的邻人肆行侵略而置之不理。"

● 毛泽东说："要和朝鲜人民亲如兄弟般地团结在一起，为战胜共同的敌人而奋斗。"

毛泽东签发命令组成志愿军

1950 年 6 月 25 日，朝鲜内战爆发。为了防止东北出现大的变故，毛泽东作出了一个重要的应变决策，决定调几个军到东北地区，加强东北边防，以作未雨绸缪之计。

6 月 27 日，美国总统杜鲁门发表声明，公开宣布武装援助南朝鲜，同时命令美国第七舰队向台湾海峡出动，侵占中国领土台湾，阻挠中国人民解放台湾的既定部署。

6 月 28 日，毛泽东在中央人民政府委员会第八次会议上发表重要讲话，坚决反对美帝国主义干涉朝鲜内政和入侵我国领土台湾，并严正指出：

全中国人民和全世界人民，将既不受帝国主义的利诱，也不怕帝国主义的威胁。

毛泽东号召：

全国和全世界的人民团结起来，进行充分的准备，打败美帝国主义的任何挑衅。

同日，周恩来发表声明，强调指出：

> 杜鲁门 27 日的声明和美国海军的行动，乃是对于中国领土的武装侵略，对于联合国宪章的彻底破坏。我国全体人民，必将万众一心，为从美国侵略者手中解放台湾而奋斗到底。

1950 年 7 月 7 日，美国操纵联合国安理会通过决议，组织"联合国军司令部"，美国人成为"联合国军"的最高指挥官。

次日，杜鲁门总统任命美国远东军总司令麦克阿瑟为"联合国军总司令"。

8 日，金日成发表广播演说，号召朝鲜人民为反对美国侵略而坚决斗争：

> 全体朝鲜人民和人民军为维护祖国的荣誉、自由和独立，积极展开全民性的民族解放战争，把美国侵略者赶出朝鲜去。

7 月 7 日和 10 日，周恩来先后两次主持召开会议，讨论保卫国防问题，作出《关于保卫东北边防的决定》，《决定》如下：

> 1. 抽调第十三兵团第三十八、第三十九、第四十军和第四十二军，炮兵第一、第二、第

箭在弦上

八师及高射炮兵、工兵、运输兵等各一部，共25万余人，组成东北边防军。

2. 以粟裕为东北边防军司令员兼政治委员，萧劲光为副司令员，萧华为副政治委员，李聚奎为后勤司令员。

3. 以第十五兵团领导机关为基础组成第十三兵团领导机关，以邓华为司令员，赖传珠为政治委员，解沛然（即解方）为参谋长，杜平为政治部主任。

7月13日，周恩来将《决定》呈报毛泽东审查，并函告起草简况，毛泽东当日批示：

同意，照此执行。

7月22日，周恩来、中央军委代总参谋长聂荣臻联名致函毛泽东：

1. 调往东北的3个高射炮团已全部到达指定地点，第十三兵团3个军正在开动中，8月上旬可以全部到达指定地点。

2. 粟裕、萧劲光、萧华均一时难以到位，建议东北边防军先归东北军区高岗司令员兼政委指挥；李聚奎到东北后即兼任军区后勤部长。

这样处理，部队指挥既可免生脱节现象，供应也较容易解决。

3. 请主席考虑边防军目前是否先归东北军区高岗司令员兼政治委员指挥并统一一切供应，将来粟、萧、萧去后，再成立边防军司令部。

7月23日，毛泽东批示同意。

为增强志愿军力量，中央军委22日决定将第六十六军编入中国人民志愿军序列，作为志愿军预备队。该军自23日开始，从天津地区车运安东，25日至26日夜自安东渡过鸭绿江，进至新义州地区。

8月18日，毛泽东致电高岗：

> 8月15日送来你在边防军干部会议的报告收到了，这个报告是正确的。
>
> 萧劲光同志来告有关边防军的各项问题，这些问题都可以解决。
>
> 边防军完成训练及其他准备工作的时间可延长至9月底，请你加紧督促，务在9月30日前完成一切准备工作。
>
> 10月22日中央军委决定调第六十六军作为志愿军预备队。

8月26日，周恩来主持召开中央军委会议，检查东

箭在弦上

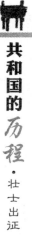
北边防军的准备情况，同时为适应朝鲜战争形势发展的需要，决定加速特种兵建设，立即增编 4 个飞行团、3 个战车旅的 9 个团、18 个高射炮团及 10 个军的队属炮兵，并在年底前完成组训任务。

8 月 27 日，毛泽东致电彭德怀：

> 为了应付时局，现需集中 12 个军以便机动（已集中了 4 个军），但此事可于 9 月底再做决定，那时请你来京面商。

9 月 5 日，朱德致函毛泽东，分析美国侵略军在朝鲜战争中的战略战术，并提出我们应采取的相应对策。信中指出：

> 我们的对策应该是作长期打算。我们除整顿陆军外，应抓紧建立空军、海军以及装甲兵、工兵、炮兵、铁道兵等特种兵。

9 月 8 日，毛泽东在华东军区关于九兵团北调执行办法的报告上批示：

> 九兵团全部可以统一于 10 月底开到徐济线、11 月中旬开始整训。该兵团在徐济线整训期间仍归华东建制，唯装备及整训方针计划受

军委直接指挥为宜。

上旬，中央军委决定将第五十军编入东北边防军序列，以加强边防军的力量。该军于10月上旬在吉林西南辽源地区完成集结。

9月20日，周恩来致电中国驻朝鲜大使倪志亮转金日成：

1. 你们的长期作战思想是正确的。

2. 现在的中心任务是：在坚持自力更生、长期奋斗的总方针下，如何保存主力，便于各个歼灭敌人的问题。敌人如果占领汉城则人民军后路有被切断的危险。

3. 人民军主力似宜集结机动，寻敌弱点，分割歼灭敌人。

4. 在打法上，建议集中兵力，每一次作战以少数兵力及火力分路钳制多数敌人，而以多数兵力，及火力的绝对优势，围歼被我分割的少数敌人，例如一个团。

5. 在持久战的原则下，必须充分估计到困难方面。一切人力、物力、财力的动员和使用，必须处处作长期打算，防止下级发生孤注一掷的情绪。敌人要求速决，害怕持久，而朝鲜人民军则速决既不可能，唯有以持久战争取得

箭在弦上

胜利。

不久，金日成回电表示同意。

8月下旬，中央决定将第九兵团、第十九兵团分别调至津浦、陇海铁路沿线，以策应东北边防军。

9月上旬，为加强东北边防军力量，决定将第五十军编入边防军序列，该军于10月上旬在吉林西南辽源地区完成集结。

9月30日，周恩来在国庆节大会上作了题为《为巩固和发展人民的胜利而奋斗》的报告。

报告中警告美国：

> 中国人民爱好和平，但是为了保卫和平，也永不害怕反抗侵略战争。中国人民决不能容忍外国的侵略，也不能听任帝国主义者对自己的邻人肆行侵略而置之不理。

10月1日，金日成和副首相兼外务相朴宪永联名向毛泽东发出求援信函：

> 目前战况是极端严重了，各条战线上敌人在其空军掩护下，动用大量机械化部队，我们受到的兵力与物资方面的损失是非常严重的，后方的交通、运输、通信及其他设施大量地被

破坏。

同时，我们的机动力量更加减弱了。敌人登陆部队与南部战线部队已经连接一起，切断了我们的南北部队的联系。使我们在南部战线的人民军处于被敌切断分割的不利环境里，得不到武器弹药，失掉联系，甚至于有一部分部队，则已被敌人分散包围。如果京城（汉城）完全被敌占领，则我估计敌人可能继续向"三八线"以北地区进攻。如果不能急速改善我们的各种不利条件，则敌人的企图是很可能会实现的。

只靠我们自己的力量，是难以克服此危急的。因此，我们不得不请求您给予我们以特别的援助，即在敌人进攻"三八线"以北地区的情况下，急盼中国人民解放军直接出动援助我军作战。

这封信由朝鲜内务相朴一禹于 10 月 3 日在北京面交毛泽东。

10 月 2 日，毛泽东致电斯大林，告之中国政府决定用志愿军名义派一部分军队到朝鲜作战，并请求苏联提供武器装备援助。

同时，毛泽东致电高岗和第十三兵团司令员兼政治委员邓华，请高岗到北京开会，请邓华提前结束东北边

箭在弦上

防军的准备工作，随时待命出动。

10 月 3 日，周恩来紧急约见印度驻华大使潘尼迦，请他立即向印度总理尼赫鲁报告：

> 朝鲜问题应该和平解决，而美国军队正企图越过"三八线"，扩大战争。美国军队果真如此做的话，我们不能坐视不顾，我们要管。此事，并请转告美国和英国政府。

尼赫鲁于当日写信给美国国务卿艾奇逊和英国外交大臣贝文，提醒他们注意中国提出的问题，并倡导寻找政治解决办法。

杜鲁门获悉后，认为中国此言是对联合国的恫吓。美国对中国政府的警告仍然置若罔闻，"联合国军"越过"三八线"，占领朝鲜民主主义人民共和国首都平壤，并向鸭绿江进犯，严重威胁中国的安全。

10 月 4 日至 5 日，毛泽东在北京中南海主持召开中共中央政治局会议，讨论出兵朝鲜问题。会议决定：

> 抗美援朝是保家卫国的战略决策，决定组成中国人民志愿军，出动到朝鲜境内作战。

10 月 6 日，周恩来在中央军委总参谋部居仁堂主持召开高级军事会议。出席会议的有朱德、彭德怀、林彪、高岗、陈云及军委各总部、各军兵种领导人。

会议传达党中央关于出兵朝鲜的决定，研究部署志愿军出动的各项准备工作。

10月8日，中国人民革命军事委员会主席毛泽东签署了组成中国人民志愿军的命令。全文如下：

彭、高、贺、邓、洪、解及中国人民志愿军各级领导同志们：

1. 朝鲜人民解放战争，反对美帝国主义及其走狗的进攻，借以保卫朝鲜人民、中国人民及东方各国人民的利益，将东北边防军改为中国人民志愿军，迅即向朝鲜境内出动，协同朝鲜同志向侵略者作战并争取光荣的胜利。

2. 人民志愿军辖十三兵团及所属之三十八军、三十九军、四十军、四十二军，及边防炮兵司令部与所属之炮兵一师、二师、八师。上述各部需立即准备完毕，待令出动。

3. 任命彭德怀同志为中国人民志愿军司令员兼政治委员。

4. 中国人民志愿军以东北行政区为总后方基地，所有一切后方工作供应事宜，以及有关援助朝鲜同志的事务，统由东北军区司令员兼政治委员高岗同志高度指挥并负责保证之。

5. 中国人民志愿军进入朝鲜境内，必须对

箭在弦上

朝鲜人民、朝鲜人民军、朝鲜民主政府、朝鲜劳动党、其他民主党派及朝鲜人民的领袖金日成同志表示友爱和尊重，严格地遵守军事纪律和政治纪律，这是保证完成军事任务的一个极重要的政治基础。

6. 必须深刻地估计到各种可能遇到和必然会遇到的困难情况，并准备用高度的热情、勇气、细心和刻苦耐劳的精神去克服这些困难。目前总的国际形势和国内形势于我们有利，于侵略者不利，只要同志们坚决勇敢，善于团结当地人民，善于和侵略者作战，最后胜利就是我们的。

中国人民革命军事委员会主席毛泽东

1950 年 10 月 8 日于北京

10 月 8 日，毛泽东致电金日成，通报中国政府决定派遣志愿军入朝作战：

根据目前形势，我们决定派遣志愿军到朝鲜境内帮助你们反对侵略者。彭德怀同志为中国人民志愿军的司令员兼政治委员。请你即派朴一禹同志到沈阳与彭德怀、高岗二同志会商与中国人民志愿军进入朝鲜境内作战有关的诸项问题。

10 月 11 日，金日成在平壤发表《用鲜血保卫祖国的每一寸土地》的广播讲话，号召人民军官兵捍卫祖国，勇敢地战斗到流尽最后一滴血，用生命保卫每一寸土地。

同日，彭德怀率参谋人员从沈阳乘火车赴安东，准备过江，会见金日成商讨联合作战问题，后因故推迟。

11 日深夜，毛泽东收到了周恩来发自莫斯科的急电。电报中说斯大林答复道：

苏联空军目前尚未准备好，暂时无法支持中国人民志愿军作战，请中央对出兵问题再做综合考虑。

毛泽东感到形势发生了重大变化。

苏联不出动空军对我陆军作战影响太大，这就是彭德怀说的"半洗手"了。

苏联的空军没指望了。斯大林既然主意已定，恐怕是很难改变的。

靠我们的步兵和美国的海、陆、空联合兵种作战，结果将难以预料，至少将会付出巨大的牺牲……

毛泽东思来想去，此重大变化需再研究一下才能作出决定，是否让志愿军在没有空军掩护的情况下出兵。

毛泽东彻夜未眠，此时已是 12 日了。前方部队马上要出兵，事不宜迟，毛泽东提笔写道：

箭在弦上

彭、高、邓、洪、韩、解：

10 月 8 日命令暂不执行，十三兵团各部仍旧原地进行训练，不要出动。

请高岗、德怀二同志明日或后日来京一谈。

毛泽东

10 月 12 日

当天深夜，聂荣臻打电话至安东，找到正在渡口的彭德怀，称："原定方案有变化，主席命你和高岗明日回京面商。"

不久电报传来，彭德怀看着电报，神情很疑惑，但他什么也没说，只是手中拿着点燃的大中华香烟，猛吸了几口，然后站在楼内一边走一边思考着问题。

13 日早晨，彭德怀乘火车抵沈阳，随后与高岗同乘专机飞北京，下午参加政治局会议。

16 时许，中南海颐年堂，毛泽东召开紧急中央政治局会议。

形势发生了变化，苏联不能为志愿军提供空中掩护，在我军没有制空权的形势下，志愿军还要不要入朝作战？参战与不参战的利害关系如何？

毛泽东让大家发表意见，首先问中央军委副主席、志愿军司令员彭德怀。彭德怀稍作沉思说：

即使在苏联不出动空军支持的情况下，即

苏联半洗手，我认为，我志愿军仍应入朝作战。我们可以考虑迅速增加防空炮火，调高射炮入朝。我们不能让美帝国主义放手吞并朝鲜，威胁我国国防。

据外电说，麦克阿瑟野心太大了，他要联合日本军国主义和蒋介石匪帮跟我们打。我们与美军的这场战争是不可避免的，现在不打，以后到鸭绿江边还得打。

同美国这一仗是不可避免的，与其到鸭绿江边被迫打，不如现在主动打。

会议一直进行到深夜，毛泽东反复征求大家的意见，对出兵一事思之再三，最后才下了决心：

我们应该参战，必须参战，参战利益极大，不参战损害极大。

毛泽东立即电告在莫斯科的周恩来。电文如下：

恩来同志：

高岗、彭德怀二同志及其他政治局同志商量结果，一致认为我军还是出动到朝鲜为有利。在第一时期可以专打伪军，我军对付伪军是有把握的，可以在元山、平壤以北大块山区打开

箭在弦上。

朝鲜的根据地，可以振奋朝鲜人民和人民军……

在第一时期，只要能歼灭几个伪军的师团，朝鲜局势即可起一个对我们有利的变化。

我们采取上述积极政策，对中国，对朝鲜，对东方，对世界都极为有利；而我们不出兵，让敌人压至鸭绿江边，国内国际反动气焰增高，则对各方都不利，首先是对东北更不利，整个东北边防军将被吸住，南满电力将被控制。

……

总之，我们认为应当参战，必须参战，参战利益极大，不参战损害极大。

毛泽东

1950 年 10 月 13 日

14 日，毛泽东、聂荣臻、彭德怀研究渡江计划和出国后的作战方案。

10 月 15 日，毛泽东致电高岗，命令立即运粮食给即将渡江的志愿军。同日，彭德怀从北京急返沈阳，着手出兵前的动员、组织工作。

新组建部队紧急开赴东北

1950年7月9日，广州市东山十五兵团总部办公楼内，司令部作战科科长杨迪手拿文件，急匆匆地走进邓华司令员的办公室。

杨迪说："首长，中央军委7月8日命令，要十五兵团机关与黄永胜十三兵团机关对换，率领原十三兵团的3个军迅即开往东北，并改番号为十三兵团。"

邓华接过命令，看完后，把命令递给兵团政委赖传珠，上面写着：

> 自7月起，驻信阳的三十八军，驻漯河的三十九军，驻广州的四十军归十三兵团建制指挥。

正在传阅军委命令时，兵团司令部办公室接到了中南局书记叶剑英的秘书打来的电话，要邓华、赖传珠、洪学智、李作鹏到叶剑英的驻地去。

一辆帆布篷吉普已在大门口等着，几位将军放下文件急忙赶到了叶剑英处。他们刚刚在客厅的古色古香的花梨木椅上落座，叶剑英就走了进来，他们几个站起来，叶剑英用手示意他们坐下，说："你们都来了。这次十五兵团和十三兵团领导机关对调，中央是有考虑的。为什么对调呢？我考虑，中央军委建立东北边防军的决策，有深远的战略意义。因为，朝鲜半岛的局势，将来不知道发展成什么样子，也许会引发第三次世界大战。"

邓华说："我们大家都很忧虑。"

叶剑英坐到正面的木椅上，说："唇亡齿寒的道理大家是知道的。中国不能隔岸观火，必须预做准备。军委决定成立东北边防军。我们中南局拥护中央的战略决策。

"中央决定边防军司令员为粟裕，副司令员萧劲光，副政委萧华。十三兵团司令员为邓华，政委为吴法宪，参谋长是李作鹏。黄永胜为十五兵团司令员。邓华要先行北上……"

几位高级将领神色凝重地注视着叶剑英。

叶剑英笑着问："怎么样，邓华？"

邓华说："坚决服从命令。"

叶剑英说："中央要加强东北的边防，有战略上的考虑，是一项战略措施，大家要理解。东北是我国重工业基地，我国工业的一大半在东北。你们几个都是四野的，在东北作战几年，比我更了解。我同意中央的决策。你们的思想也要有个转折。"

几位将领都不住地点头。

邓华受命后，感到时间紧迫，对十三兵团机关不熟悉，担心战事紧张，机关工作不顺手，影响组织指挥。

他经过深思熟虑，请示四野总部和中央军委批准把十五兵团机关带去。四野总部奉中央军委命令，批准第十三兵团与第十五兵团番号和机关对调，开赴东北。

7月13日9时，兵团部作战室一号台电话找邓华接电话。

邓华拿起听筒，原来是罗荣桓政委。

罗荣桓告诉他，军委的任命已发了，他的任务很重，不仅要保卫东北边防，必要时还要渡过鸭绿江，支援朝鲜人民抗击侵略者。

邓华告诉罗荣桓："请军委放心，请老首长放心，坚决服从军委的安排，坚决完成军委给予的新任务。"

然后，他又接到武汉第四野战军司令部一份电报：

邓华应迅即北上……

他急匆匆下楼、上车，来到叶剑英处。叶剑英看过电报，说："你是军委点的将，立即交接工作，黄永胜是下午到吗？到后立即交接，北上赴任。军情紧急，要快。"

保卫国防第二次会议结束后，第四野战军第三政治委员谭政返回汉口，召集原第十三兵团和第十五兵团主官开会，传达军委决定。并商定：调整后的第十三兵团部，司令部由原第十五兵团司令部组成，政治部由原第十五兵团宣传部、保卫部、秘书处和原第十三兵团组织部组成。原第十五兵团后勤部除供给部和卫生部之外，全部北上东北。

箭在弦上

7月19日，中央军委再次颁布命令，正式任命邓华为第十三兵团司令员，赖传珠为政治委员，解方为参谋长，杜平为政治部主任。

7月25日，中央军委决定，北上兵团仍然使用第十三兵团番号，并升任第四十军军长韩先楚为第十三兵团副司令员。

8月，根据邓华请求和第四野战军司令员林彪建议，中央军委任命洪学智为第十三兵团第一副司令员。至此，第十三兵团的主官和指挥机构配备宣告完成，9月25日，中央军委决定由邓华兼任第十三兵团政治委员。

从第十三兵团领导干部配备和指挥机构的组建情况看，一方面充分考虑到了作战的要求，以作战经验丰富、指挥才能出众的邓华担任新组建的第十三兵团司令，以第十五兵团部为基础组成了新的第十三兵团部，并抽调了洪学智、韩先楚、解方等能力很强的干部充实兵团领导集体，同时也充分考虑到部队的情况，保留了原第十三兵团政治部主任杜平和组织部机构，从而组成了一个汇集精兵强将的北上兵团指挥机构。

8月13日，十三兵团司令部召开了师以上的干部会议，有几十人参加了这次会议。会议上高岗、萧劲光、萧华、邓华和贺晋年先后讲了话。会后，又研究了调到东北来的几个军的驻防问题。

8月16日至18日，十三兵团政委赖传珠带领兵团机关、直属队到安东集结。邓华和洪学智也去了安东。

朱德亲自作动员报告

10 月 23 日，毛泽东致电陈毅、张震，令宋时轮来京受命，宋时轮被任命为中国人民志愿军第九兵团司令员兼政委。

在北京面见毛泽东时，毛泽东对宋时轮说："我不会遥控你，我们要你去朝鲜，是用人之长，你要对付的是美国陆战第一师……"

离京后，宋时轮立即命令部队展开入朝工作，原准备整训 3 个月，但 11 月 5 日中央军委发来指令，要第九兵团立即入朝。此时准备工作还来不及做好，15 万人的棉衣都没解决。宋时轮给东北军区的高岗打电话，想请示毛泽东，推迟两天，换好冬装再入朝，但高岗不同意。

10 月 29 日，朱德来到兵团所在地曲阜，立即召开了团以上干部会议。

朱德亲自作了目前的形势和任务的报告，传达了党中央、中央军委、毛泽东的决策，宣布我国组成中国人民志愿军赴朝作战的决定，命令第三野战军第九兵团组成中国人民志愿军第九兵团准备入朝作战。

在会上，朱德分析了国际形势，他说：

美国侵略者不仅占领了朝鲜平壤，而且还

派兵侵占了我国的领土台湾，现在又把战火燃烧到鸭绿江边，连续派飞机轰炸我国东北边境的城市和农村，严重地威胁着我国的安全。

你们赴朝作战，是在国外打仗，同国内打仗不一样，作战的对象、地点、条件都变了，而且敌人又是现代化装备的美国侵略军，加上语言不通，气候寒冷，困难一定很多。你们要按照毛泽东军事思想，讲究战略战术，树立敢打必胜的信心。过去我们同国民党军队打仗，胃口很大，现在要同美国侵略军打仗，就要像吃饭一样，一口一口地吃。要以运动战为主，并结合阵地战。

他还特别强调说：

你们要尊重和依靠朝鲜人民，爱护朝鲜的一草一木，严格遵守"三大纪律，八项注意"，团结朝鲜人民和军队。

他最后关切地说：

朝鲜现在天气很冷，要注意保暖。你们是老部队啦，希望你们打大胜仗，为祖国争光。

会场显得格外肃静，除了朱德讲话声音外，场下鸦雀无声，大家全神贯注地聆听着朱总司令的报告。

10月中下旬，第九兵团进驻山东曲阜及其附近地区整训待机。

10月30日，毛泽东给聂荣臻发来电报，谈到第九兵团入朝的管理问题：

聂：

诸将志司、志政（包括前十三兵团司政）前后所发各项口号，动员令，入朝注意事项，作战注意事项等集成一起，即日派人送往宋时轮应用，为要。

毛泽东

10月30日

11月1日，第九兵团由兖州地区向东北边境进发。5日，中央军委确定第九兵团立即入朝，担负江界、长津方向的作战任务。

箭在弦上

陈赓马不停蹄领兵入朝

1950 年 11 月 1 日，陈赓从越南高平起程回国后，11 月 29 日，来到北京。陈赓向毛泽东和其他中央领导汇报了在越南期间的工作以后，马不停蹄，经由沈阳前去朝鲜战场。

后来，毛泽东和金日成谈话时，曾说道："陈赓从越南回到北京，向我汇报援越抗法的事情，他提出要求，想去朝鲜。我说，你陈赓就是好战，刚听说跟美帝打，你就有了精神，病也好了一半。我说，那你要感谢杜鲁门喽！"

1951 年 2 月 19 日，彭德怀专程回国，向毛泽东汇报朝鲜战况和请求援兵，并建议尽快让陈赓指挥的三兵团开上去。毛泽东表示同意。

4 月 25 日，陈赓被正式任命为中国人民志愿军第三兵团司令员兼政委，王近山为副司令员，下辖第十二、十五、六十 3 个军。任命一下，陈赓立即坐飞机前往昆明，从云南军区部队里选调了一批军政后勤工作干部，组成第三兵团司令部、政治部及后勤等领导机关。

他从第四兵团要了刘有光、王步青、王振夫和戴其萼等老政工和参谋人员，从川东军区调来王蕴瑞当参谋长。

当时王蕴瑞已被他的老上级、二十兵团司令员杨成武要走，即将调往二十兵团任职。就在王蕴瑞即将赴任之际，陈赓找上门来。

　　见到王蕴瑞，陈赓开门见山地说："我马上要带第三兵团入朝参战，你跟我当参谋长去吧？"

　　王蕴瑞为难地说："我的任命已下到二十兵团了。"

　　陈赓说："命令下了不要紧，还可以重新下嘛！三兵团先入朝，你还是先跟我走吧！"

　　"这，我怎么对杨成武司令员说呢？"

　　"哟，你就不怕对不起我吗？"陈赓笑道，"我已经跟周总理讲了，你还是到三兵团来吧！"

　　这样，王蕴瑞又被重新任命为三兵团参谋长，三兵团组建起来了。正当一切准备妥当，准备赴朝时，由于长期劳累过度，陈赓病倒了，他那双曾经几度负伤的腿又痛又肿，无法行走，他只好留在国内治病。

　　8月20日，陈赓到了第三兵团驻地。人们见他仍挂着拐杖，走路一拐一拐的。他不顾一路疲劳，一到驻地，就会见干部，听取汇报，询问情况，召集兵团和各军负责同志讨论第五次战役作战经验，并为第六次战役做准备。

　　上午，十二军在河北束鹿举行了赴朝参战誓师大会。军长曾绍山在誓师大会上号召全体指战员：

　　　　打好出国第一仗，争取立国际功！

自人民解放军十二军接到入朝参战的命令后，番号便改为"中国人民志愿军第十二军"了。王近山和老政委杜义德分别以志愿军三兵团副司令员和副政委，代三兵团司令员和政委的身份，率十二军、十五军和六十军赴朝作战。

为此，十二军的领导班子作了调整。军长由原十一军军长曾绍山担任，其他军领导没有变化，副军长兼参谋长肖永银，副军长王蕴瑞，副政委李震，政治部主任李开湘，副参谋长贺光华等都是原班人马。由曾绍山领衔宣誓：

打好出国第一仗，

争取立国际功，

为祖国争光！

爱护朝鲜的一山一水一草一木，

团结朝鲜人民军，

尊重朝鲜人民风俗，

坚决把美帝国主义打倒！

宣誓结束后，曾绍山检阅了部队，并宣布部队开进命令。

毛泽东三杯酒为杨成武壮行

1951 年 6 月初，在北京丰泽园颐年堂内，毛泽东召见了即将赴朝的二十兵团司令员杨成武。

杨成武行军礼的时候，毛泽东很随和地打个手势，说："坐下吧，请坐。"

落座后，毛泽东说："我听恩来、荣臻同志说，你们兵团已做好了入朝的准备，这很好。"

杨成武向毛泽东报告，指战员的士气很高，为了抗美援朝，保家卫国，都表示不怕牺牲，要多打胜仗。

毛泽东说："是的，我们要有准备，思想的准备、物质的准备，再打他几个胜仗。为了取得最后的胜利，我们要继续在全国进行抗美援朝的宣传。"

毛泽东谈到朝鲜战场局势时说："目前，中朝军队将敌人打到三八线附近，收复了朝鲜北半部领土。战争双方已转入了战略对峙阶段。敌人是不会轻易认输的，所以我们还得准备打他几仗，现在中央已决定，今后要采取轮番作战的方针，以 21 个军分三批在朝鲜轮番作战。你们这次去，对部队也是一个很好的锻炼。"

毛泽东边抽烟边喝茶边谈。他拿起一支烟，但并不马上抽，而是说着话，手上捏弄着烟，把烟捏松。当几句话告一段落，才拿根火柴，使劲擦着，点上烟。

他有时一杯茶喝光，只剩茶叶时，便把杯子端起来，用两个指尖当筷子，把茶叶扒到嘴里，慢慢地咀嚼，缓缓地咽下去。他还保留着湖南人吃茶叶的习惯。所有这些动作使谈话产生了一种特有的气氛，大家都无拘无束，自由地插话，整个气氛融洽、热烈。

毛泽东说："呵，是的，你们是京津卫戍部队。"他以浓重的湖南乡音，伴以随意的手势，回到朝鲜战争的话题上来。谈战争如聊平常事，千军万马犹从眼底过。

一位工作人员走进门来，在毛泽东耳边低声说了一句话，毛泽东忽然站起身说："吃饭，我们一起吃饭去。"

毛泽东要留杨成武吃午饭，这是杨成武没有想到的。他有点为难，说："主席，你吃饭去吧，我们走了。"

"不，吃了饭再走，一顿便饭。"毛泽东边说边以手势招呼大家往门外走。

时间近正午，颐年堂门外阳光明媚，门前空地上搭着一个简易席棚，席棚下的阴凉里有一张木质方桌，桌上的菜是几碟家常菜，特别一点的就是摆了一瓶酒和几个酒杯。酒是红葡萄酒，杯子是高脚玻璃杯。

毛泽东举起一杯酒，说："我敬你们一杯酒！"

杨成武站起身来说："主席，应该是由我们来敬你的酒。"

毛泽东说："不，我来敬你们的酒！祝你们到了朝鲜，与朝鲜人民军并肩作战，共同打胜仗！我们的战争是正义的，是反侵略的，是为了保卫东方和世界和平！"

大家将杯中酒一饮而尽。

毛泽东又接着刚才的话题说："抗美援朝，也就是为了保卫我们自己的国家。志愿军要尊重朝鲜人民和朝鲜人民的领袖金日成同志，谦虚谨慎，尊重朝鲜人民的风俗习惯，爱护他们的一草一木、一山一水，不拿朝鲜人民一针一线，这是胜利的基础，要和朝鲜人民亲如兄弟般地团结在一起，为战胜共同的敌人而奋斗。"

毛泽东第二次举起一杯酒说："再来一杯！"

大家饮了第二杯酒。

毛泽东说："入朝后一定要眼观全局，在全局上有个正确的指导思想，这就是准备持久作战，准备打阵地战，同时争取和谈，以结束这场战争。当前，美国一面表示要进行停战谈判，一面又宣称要继续抗击和惩罚中国人民志愿军和朝鲜人民军。你们在军事上必须准备持久作战，积极防御。要坚持这个战略方针，不能轻易放弃一寸土地。不能轻易后撤……换句话说，你们二十兵团入朝后，在朝鲜东线的主要任务就是要在敌人正面不增兵、侧后不登陆的情况下，把防线稳定在三八线附近。"

杨成武说："主席，我们都记住了。"杨成武想代表二十兵团敬上一杯酒。刚要举杯，毛泽东却第三次举起酒杯说："来，干了这杯酒。"

杨成武深受鼓舞，三杯美酒、几番叮嘱。每番叮嘱都包含了重要的内容。

毛泽东喝完第三杯酒，继续说，要注意战场上的局

箭在弦上

势，注意军事和政治的形势。你们给"志司"的电报，主要的要加报军委……

饭后，杨成武向公务繁忙的毛泽东告别，离开了颐年堂，离开了中南海。

杨成武代表第二十兵团指战员向毛泽东表示：

请主席放心，我们一定要发扬国际主义精神，与朝鲜人民军并肩作战，英勇顽强，视死如归。"男儿坠地志四方，裹尸马革固其常"，决不辱没京津卫戍部队的光荣称号。

周恩来为杨得志赴朝送行

1950 年 12 月 17 日，毛泽东提出让十九兵团赴朝参战。他在一封电报中提议：

> 如果在两三个月内有使用更多兵力的机会，亦可考虑将杨得志兵团使用上去。但杨兵团亦需加强装备，补充人员。如使用该兵团，亦以在明年 1 月下旬或者 2 月开动为适宜。

12 月 21 日，毛泽东在另一封电报中又一次提议：

> 杨得志部现已集中徐州、济南间地区，开了干部会，朱总去讲了话。如有必需，3 月中参战无问题。目前仍以在徐、济间整训一时期为宜。待要使用之前一个月可开至沈阳、安东间，补一部新兵，如苏方装备那时已到，可将装备改换即开朝鲜参战。

1951 年 2 月 5 日，在中南海的西花厅，周恩来接见了即将赴朝的杨得志、李志民。在一间陈设简朴的办公室内，周恩来让他们坐定之后说："你们为祖国而离开祖

国，我在北京为你们送行，就是这么个意思。"

周恩来介绍了金日成和朝鲜人民军的情况，也讲述了彭德怀当时指挥的第三次战役的巨大胜利，还讲了志愿军赴朝参战后在世界上引起的各种各样的反应。

这时，周恩来站起来说："你们十九兵团，还有杨勇、杨成武同志指挥的两个兵团，都有着光荣传统，战斗力很强。我曾经说过，要把你们'三杨'拿出去，叫作'三杨开泰'！"

周恩来的话使杨得志情不自禁站了起来。

周恩来提及的"三杨"，都是久经沙场、战功显赫、颇有指挥才干的高级将领。

二、 调兵遣将

● 彭德怀强调说："保存土地是我们的任务，但更主要的是消灭敌人的有生力量。"

● 这次车运，是新中国成立之后人民解放军首次进行的大范围车运调防。其规模之大前所未有，而且时间只有20余天，困难之大可以想象。

● 周恩来大声说："这样做不好吧！不能向困难低头嘛！要正视困难，鼓起勇气，整训好部队，赴朝参战。我等候你们胜利的好消息。"

彭德怀在军以上干部会上进行战前动员

沈阳和平大街 1 号，是一幢日式小楼，走马上任的彭德怀就住在里屋，他的指挥班子成员在外屋搭了一溜儿通铺。

1950 年 10 月 9 日，新任命的中国人民志愿军司令兼政委彭德怀在这里召开了军以上干部会议，传达党中央出兵朝鲜的决定，动员各军立即做好出国作战准备，部署了入朝作战的有关事宜。

10 月 10 日，十三兵团司令员邓华，副司令员洪学智去沈阳大和旅馆见彭德怀。

一见面邓华就说："欢迎老总，有你出任司令员，我们的仗就更好打了，我们大家的信心就更足了。"

彭德怀说："那好，那我们一起抗美援朝吧！"说完，他半开玩笑说："不过，我可不算'志愿军'啊！"

洪学智问："你是怎么来的？"

彭德怀说："我是毛主席点将点来的，本来是派林彪来的，可是他说他有病，毛主席就命令我来了！"

洪学智说："那，我也不算'志愿军'！"

彭德怀笑问："哦，你怎么也不算'志愿军'了呢？"

洪学智回答："我是邓华把我鼓捣来的，连换洗的衣服也没来得及带。"

邓华说:"老洪口是心非,他一听说当上志愿军都乐颠馅了。"

这时来接开会的汽车到了,会场设在东北军区第三招待所会议室。志愿军司令员兼政委彭德怀一迈进门槛,在场的干部就热烈鼓掌。

参加会议的有东北军区司令员兼政委高岗,东北军区副司令员贺晋年,第十三兵团司令员邓华、政委赖传珠,志愿军第一副司令员洪学智、副司令员韩先楚、参谋长解方、政治部主任杜平,各军军长、政委等军政干部。

彭德怀和干部们一一握手,他握住杜平的手说:"杜平,你这个江西老表,我们走到一块儿了。"

杜平说:"彭总,由你挂帅,这仗就好打了。"

彭德怀说:"毛主席指挥到哪里,咱们就打到哪里。"

会议由高岗主持。首先由邓华宣读了中共中央和毛泽东关于志愿军入朝参战的决定和关于志愿军的组成以及对彭德怀任命的命令。大家热烈鼓掌,一致表示拥护中央的英明决定。

接着高岗讲话,他介绍了中央对出兵朝鲜问题讨论的情况:

调兵遣将

当然,我也可以告诉大家,中央对出兵朝鲜的问题,是有不同意见的,比如我吧,就有些不同的考虑。在政治局扩大会上,我都谈过

了，就不多说了。现在既然中央作了决定，那我们就要坚决执行。中央决定东北局负责志愿军的物资供应，那我这个东北主席也表个态，当好志愿军的总后勤！

高岗接着说道："老彭敢挑这副担子可不容易，他的本事你们大家也知道，彭大将军嘛！"

高岗看了看彭德怀说："他是10月4日被中央调到北京，几天后就到了沈阳，也是仓促上阵啊！我对他说，既然中央信任你，点将点到你头上，你就干嘛，四野的同志欢迎你，你们说对不对？"

"高岗同志刚才将了我一军。"彭德怀开始战前动员。

彭德怀站起来说："四野是能打仗的，能打大胜仗；林彪同志曾经指挥你们打了很多胜仗嘛，攻锦州，打天津；辽沈、平津两大战役功劳不小。梁兴初你那个黑山阻击战就打得不错嘛！你现在当三十八军军长，这是个老部队，有我平江起义的老底子，又是四野王牌军，怎么样，现在部队的状况如何？"

"很好，"梁兴初答，"一声令下，立即出动！"

"好嘛！"彭德怀说，"我这些年指挥一野，在西北打仗，对四野的情况不熟，主要靠在座的各位了。以后志愿军不光是四野，现在就有华北的六十六军嘛，华东宋时轮的第九兵团正往上开，以后还有十九兵团、二十兵团，陈赓的三兵团，五湖四海，我彭德怀光杆司令一个能行吗？打仗主要是靠大家。"

"高岗同志向大家讲了出兵的意义和必要性。当然，中央有不同意见是正常的，事关重大嘛！这就是说，党中央、毛主席下这个决心是不容易的，所以我们的责任更重大，一定要打好！我们也不要把美国部队看得太了不起，800万蒋介石的军队，也都是美国装备的嘛，不也是我们手下的败军吗？我看，徒弟被打败，师父也没有什么了不起！当然我们不能轻敌，美帝不是宋襄公，他不会愚蠢到这一步，等我们摆好阵势他才进攻。美军机械化，前进速度快，我们必须抢时间，做好投入战斗的准备，保证一声令下，立即跨过鸭绿江！"

"昨天晚上朝鲜内务相朴一禹同志专程抵沈阳，向我们通报了目前朝鲜的战况。"

"美国最近又从日本动员了5万兵力补入了李承晚部，并且他们还拟再从美国调7个师来朝作战，从东西朝鲜湾登陆。金日成首相再一次要求我军迅速出动。"

"所以，我军的出兵时间不是定不定的问题，而是很快就要出动了。当前我们的任务是积极援助朝鲜人民反击侵略者，保持一块革命根据地，作为相机消灭敌人的基地。"

在谈到入朝作战的指导方针时，彭德怀说：

"在敌人装备优势和朝鲜地幅狭小的条件下，我军在国内战争中所采取的大踏步进退的运动战，已不适合于朝鲜战场，而要采取阵地战与运动战配合的方针。"

调兵遣将

"敌人来攻，我们要把他坚决顶住，不使之前进。发现敌人有弱点，即迅速出击，插入敌后，坚决歼灭之。"

彭德怀强调说："保存土地是我们的任务，但更主要的是消灭敌人的有生力量。我们的战术是灵活的，不是死守某阵地，但在必要时又必须坚守某一阵地。我们不是单纯的防御，最好既能消灭敌人，又能守住阵地。我们的任务是光荣的、艰巨的，我相信同志们一定能完成好。"

最后，高岗给十三兵团的全体官兵提出要求，希望大家服从彭德怀的指挥。

10 月 12 日，朝鲜内务相朴一禹来到安东，向彭德怀通报美军和李承晚军都已越过三八线，正疯狂向北推进；南部人民军撤至三八线以北的有 5 万余人。

金日成和朝鲜劳动党中央再次请求中共中央尽快出兵支持。

10 月 13 日，中央作出出兵决定后，彭德怀立即给志愿军参谋长解方发急电，要求志愿军各部继续做好出国准备，防止部队对出兵援朝产生怀疑和松懈情绪。

10 月 15 日，彭德怀参加完中央政治局紧急会议后返回沈阳。同日，志愿军各部队全部移至安东、辑安一线，按划分的渡口对桥梁和道路等进行勘察，做好渡江的一切准备。行前隐蔽集结待命，并对祖国人民庄严宣誓：

我们是中国人民志愿军。为了反对美帝国

主义的残暴侵略，援助朝鲜兄弟民族的解放斗争，保卫中国人民、朝鲜人民和亚洲人民的利益，我们志愿开赴朝鲜战场，与朝鲜人民并肩作战，为消灭共同的敌人，争取共同的胜利而奋斗。

为了完成这一光荣、伟大的战斗任务，我们誓以英勇顽强的战斗意志，坚决服从命令，听从指挥，上级指到哪里打到哪里，决不畏惧，决不动摇，发扬刻苦耐劳的坚强精神，克服一切艰苦困难，发扬革命的英雄主义，在战斗中创建奇功。我们要尊重朝鲜人民领袖金日成将军的领导，学习朝鲜人民英勇善战的战斗作风，尊重朝鲜人民的风俗习惯，爱护朝鲜的一山一水、一草一木，和朝鲜人民、朝鲜军队团结一致，将美帝国主义的侵略军队全部、干净、彻底消灭。

10 月 16 日，彭德怀在东北军区司令部召集志愿军师以上指挥员进行思想动员。会上，彭德怀传达了党中央、毛泽东出兵参战的决策和志愿军入朝作战任务。

彭德怀强调：

我们要积极支援北朝鲜人民反抗侵略者，帮助他们争取独立自由和解放。根据敌情和地

形的条件，过去我们在国内所采用的运动战，大踏步地前进和大踏步地后退，不一定适合于朝鲜战场。因为朝鲜地面狭小，敌人暂时还占有某些优势，所以要采取阵地战与运动战相配合的方针。

此外，彭德怀还分析了当前国际形势和朝鲜战场的情况，传达了党中央政治局和毛泽东决心出兵支持朝鲜作战，以及整个作战的方针和原则，并明确指示我军 10 月 18 日或 19 日一定要出动。

10 月 16 日，志愿军先头部队第四十二军开始从辑安渡过鸭绿江，向战区运动。

毛岸英成为名副其实的"志愿军"

1950年10月17日，毛泽东致电彭德怀、高岗等，命令志愿军先头两个军准备于19日出动，并请彭、高18日到北京。彭德怀临行前向兵团领导同志再三嘱咐，不要动摇犹豫，坚决按计划准备过江。

10月18日，毛泽东再次召开中共中央会议研究出兵朝鲜问题，周恩来在会上介绍了同斯大林、莫洛托夫等会谈出兵援朝等问题的情况。

10月18日21时，毛泽东电令志愿军第十三兵团司令员邓华等，按预定计划出兵入朝作战：

邓、洪、韩、解并转贺副司令：

4个军及3个炮兵师决定按预定计划进入朝鲜作战，自明19日晚从安东和辑安线开始渡鸭绿江。为严守秘密，渡河部队每日黄昏开始至翌晨4时停止，5时以前隐蔽完毕，并需切实检查。为取得经验，第一晚，即19日晚准备渡2至3个师，第二晚再增加或减少，再行斟酌情况，余由德怀、高岗面告。

毛泽东

10月18日21时

调兵遣将

彭德怀离京赴朝之前，毛泽东在菊香书屋设宴为彭德怀饯行，同时再约他谈一谈具体援朝行动的计划，还要顺便为儿子毛岸英要求上前线向彭德怀说情。

　　毛岸英曾先后到列宁军政学校和伏龙芝军事学院学习，毕业后获坦克兵中尉军衔，在卫国战争中参加了苏军的大反攻，千里长驱，穿越东欧，为打败德国法西斯贡献了自己的一份力量。在毛岸英回国前夕，斯大林接见了他，为了永远纪念，还送给他一支手枪，作为他参加苏联卫国战争的最高奖赏。

　　回国后，毛岸英当过农民，搞过土改。后在北京机器总厂任党总支部副书记。他悉心钻研工厂管理和高等数学中的微积分，想在厂里待 10 多年，干出一番事业来。

　　朝鲜战争爆发，毛岸英再也安不下心来了，立即向毛泽东、党中央递交了要求参加志愿军的申请书。

　　毛泽东想，儿子毛岸英申请上朝鲜参战，是第一个志愿报名参加抗美援朝的名副其实的"志愿军"。既然孩子的积极性那么高，还是成全了他为好。

　　正想着，彭德怀已经由毛岸英陪同到了门口。毛泽东兴奋地迎上前去说："贵客到了，开饭！"

　　在席间，毛泽东指着毛岸英对彭德怀说："我这儿子不想在工厂干了，他想跟你去打仗，早就交上了请战书，要我批准，我没有这个权力，你是司令员，你看要不要这个兵？"

彭德怀感到很意外，马上对毛岸英说："不行。去朝鲜有危险，美国飞机到处轰炸，你还是在后方，搞建设也是抗美援朝。"

毛岸英恳求道："彭叔叔，让我去吧！我在苏联当过兵，参加过对德国鬼子的作战，一直攻到了柏林。"

毛泽东对彭德怀说："我替岸英向你求个情，你就收下他吧！岸英会讲俄语、英语，你到朝鲜，免不了跟苏联人、美国人打交道，让他担任翻译工作。同时也让他作为第一批志愿军战士，到战争中去锻炼。"

彭德怀看了看毛泽东，犹豫着说道："主席，战场上枪弹无情……"

毛泽东说："哪里的话，谁叫他是毛泽东的儿子！他不去谁还去？到战场上去锻炼自己有好处。我看，你就收留了他吧！"

彭德怀点点头笑了。

就这样，毛岸英荣幸地成为赴朝参战的名副其实的第一个"志愿军"。

调兵遣将

东北边防军快速集结

根据中央军委的命令，首批调整的是十三兵团第四十军，该军在胜利结束解放海南岛战役之后，刚刚返回广州地区，正准备车运河南洛阳整训。

接到中央军委的命令后，中南军区立即改变计划，通知该军由广州直开安东。

值得一提的是第四十军在北上过程中，发生了铁路损坏情况。为了不中断运输部队，中南军区紧急调整计划，将该军部分部队首先车运至汉口，然后再转开安东。

7月12日，第四十军部队乘坐的第一列军列由广州发出，由此拉开了东北边防军部队车运北上的序幕。

第四十二军虽然是当时东北地区唯一的野战军部队，但此时正在执行屯垦任务。接到在中朝边境地区集结的命令后，该军立即将即将收获的庄稼连同已开垦的田地全部移交地方，在4天之内完成了部队收拢工作，并在7天之后全部车运到吉林省通化、梅河口地区集结完毕。

第三十八军主力和第三十九军主力都从事生产任务，部队分散在中原各地垦荒种地、兴修水利。接到命令之后，部队星夜赶往集结地点，集中起一个营就出发一个营，整个部队的集结在车站完成，动员和教育工作都在车运途中进行。一些已经复员的干部和战士闻讯后，也纷纷返回部队，随部队一起北上。

第三十九军第一一五师远在广西宜山，中南军区科学安排运力，首先将第一一五师车运汉口，同时将前往接防的第一七四师也车运汉口，两个师分别在汉口乘船过江，搭乘对方的列车，整个换乘工作一天内即完成，保证了第一一五师按时到东北集结。

在车运最紧张的时刻，河南驻马店地区的一座铁路桥发生了严重损坏事件，工兵部队紧急开赴出事地点，仅用一天的时间即抢修完毕，铁路调度则指挥军列绕道行驶，保证了车运工作的不中断。

7月17日，十三兵团召开干部大会，赖传珠传达中央军委的命令和新任务。

北上人员和大量的物资、车辆很快即准备完毕。按照兵团党委的部署，整个准备工作分作收摊子和车运两部分。

收摊子包括停止生产、收拢人员、结算账目、检查群众纪律和交接工作等事宜。

车运准备包括组织动员、拟订计划、人员编组、途中组织指挥等事宜。兵团部还专门向沿途主要车站派出先遣组，并成立了车运指挥所，在登车点和轮渡点设立指挥组，保证车运的顺利进行。

7月27日，第十三兵团部的军列由广州站发出，经一天半时间的运行，于29日到达武昌车站。

武汉，是部队北上的重要转运站，京广铁路在此需轮渡长江才能接通。第十三兵团部派出的先遣组与车站、轮渡码头事先对转运工作进行了安排。

调兵遣将

至此，东北边防军部队的北上集结基本完成。其中车运任务最繁重的中南军区共动用了 144 列列车，包括客车 169 节、平板车 1149 节、敞车 601 节、棚车 3498 节，共计各种车辆 5417 节。

这次车运，是新中国成立之后人民解放军首次进行的大范围车运调防。其规模之大前所未有，而且时间只有 20 余天，困难之大可以想象。

同时，这次车运工作，也是在国内全面展开经济恢复工作、铁路修复尚在进行、路况较差、运力没有恢复的状况下进行的。在这种情况下，广大铁路员工与各部队密切配合，全力以赴，保证了边防军部队能在短时间内完成大规模的北上集结，为保卫国防作出了巨大贡献。

1950 年 8 月上旬，除高炮团未全部到位外，东北边防军部队全部进入了指定集结位置完成集结。

其中，第十三兵团部位于安东；第三十八军军直机关位于铁岭，所属第一一二、第一一三、第一一四师分别位于铁岭、新开原、老开原；第三十九军军直机关位于辽阳，所属第一一五、第一一六、第一一七师分别位于辽阳、海城；第四十军军直机关位于安东，所属第一一八、第一一九、第一二〇师也全部位于安东。

第四十二军军直机关位于通化，所属第一二四、第一二五、第一二六师分别位于通化、三源浦、柳河；特种兵司令部位于凤城，所辖野战炮兵第一、第二、第八师分别位于凤城、本溪、通化；高射炮兵团位于安东等。

一个工兵团位于安东；配属第十三兵团的骑兵第十

三团位于安东；担任战勤任务的第一六九师位于大东沟。

8月上旬，东北边防军各部队已经完成集结，开始整训，9月6日，第五十军又编入东北边防军序列。

东北边防军部队集结之后，中南军区也根据部队的实际情况，向中央军委提出了关于东北边防军部队的指挥关系的意见：

> 有关部队的行政与建设事项及干部升迁配备，报第四野战军处理；行动、作战及战时政治工作，由边防军负责，受军委直接指挥；各种统计报告，由边防军报军委并第四野战军。

中央军委认为这些建议很好，于8月23日予以批准。同时为统一边防军部队的领导，保证整训工作的正常进行，中央军委于8月26日决定，东北边防军部队，包括第四十二军和特种兵部队，以第十三兵团为统一训练机构，特种兵司令部辅助。第四十二军归第十三兵团建制指挥，万毅为第十三兵团副司令员。

调兵遣将

二十三兵团完成出国作战准备

第二十三兵团是一支起义部队，是在绥远起义后编入中国人民解放军的，为解放军第二十三兵团，有的军长、师长和下级军官不愿接受改造，曾一年内发生叛乱33起。但通过一年来的思想改造，进步还是很大。

1950年4月，董其武到北京汇报部队情况，周恩来马上要新华社将全文向全国新闻单位发通稿。

毛泽东还将报告批给傅作义说：

二十三兵团进步如此之大且快，可为庆贺。

1950年4月，毛泽东曾在中南海设宴招待董其武，畅谈3个小时，希望他能成为一名共产党员。不久，抗美援朝战争爆发，董其武一面向中央请战，一面向周恩来提出：

抗美援朝正是我在人民面前立功赎罪的机会，会把生命置之度外。但绥远部队中的特务分子还未肃清，赴朝作战万一发生什么问题影响很坏，最好将军队分拨编入其他主力部队出国作战。

1950 年冬，周恩来接见了绥远军区来京的傅作义、董其武、高克林等同志。

周恩来讲了抗美援朝、保家卫国的意义和国内恢复生产等情况，对起义部队一年来的工作作了较高的评价。

他最后宣布中央决定，将绥远起义部队组成中国人民解放军第二十三兵团，开出绥远整训，准备赴朝参战。

听了周恩来指示后，董其武和高克林觉得一年来部队解放军化虽取得了一定成绩，但问题不少。如部队中曾发生过多次小部分哗变，尤其是发生了刘万春等人派人赴港通敌的事件后，董其武觉得由他带领起义部队赴朝参战，有很多顾虑。

会后，董其武和傅作义去见周恩来，董其武提出，绥远部队起义刚一年，潜伏在内部的特务分子未彻底肃清，带领这样一支部队赴朝万一发生什么问题，影响必然很坏，最好将军队分拨编入其他主力部队出国参战。

周恩来听后说："匪特捣乱早在预料之中，你不要着急，要相信这支部队中广大指战员的政治思想觉悟正在不断提高，你要有信心。"

董其武又对周恩来说："抗美援朝是每一个中国人最光荣的使命，何况我是起义军人，正是在人民面前立功赎罪的机会，我已把生死置之度外。但让我带领这支部队入朝，总是觉得信心不足、把握不大，最好选一位参加革命时间长的老同志来担当这个责任。"

周恩来听后大声说："这样做不好吧！不能向困难低头嘛！要正视困难，鼓起勇气，整训好部队，赴朝参战。

调兵遣将

我等候你们胜利的好消息。"

周恩来又接着说："你离开绥远后，把家眷也接出来，住在北京。"

这时傅作义说："请总理放心，我替他安排。"

董其武感到周恩来如此信任和关怀，心中十分惭愧，于是高兴地接受了任务。

1950 年 12 月 1 日 7 时，董其武率来京开会的军、师、旅长回到绥远市，大家即分头做移防的准备工作。

12 月 10 日，傅作义从北京来绥远，12 日召开了绥远军政委员会的扩大会议。他在会上传达了周恩来的指示，宣布中央决定：以三十六军、三十七军、骑四师组建成二十三兵团，归华北军区领导，移驻河北省沧州地区，整训补充，为抗美援朝二线兵团。

任命董其武为兵团司令员，高克林为兵团政治委员，会议之后，董其武、高克林和边章伍等人立即召开了兵团机关组建和部队移防会议。

会议还决定，12 月 22 日完成部队东进的一切准备工作，真正做到"五不要"，即政治上弄不清者不要，年老体弱者不要，有疾病者不要，坏武器不要，老弱马匹不要。各军、师受命回部队后，即召开了各军的军政委员会会议，宣布移防命令，研究移防中的具体问题。

12 月 23 日，三十六军在包头乘火车出发。

同日，三十七军从陕坝各地乘汽车或徒步行军至包头集结，12 月 25 日，从包头乘火车出发。骑四师从武川县乘汽车到绥远，12 月 29 日从绥远乘火车出发，分别开往河北沧州地区驻防整训。

12 月 31 日 17 时，董其武、高克林率兵团机关离开绥远，在火车站受到了党、政、军及各界人民群众几千人的夹道欢送。部队到达衡水地区后，坚决执行"三大纪律八项注意"，全兵团没有发生叛逃事件。对于部队的进步，董其武、高克林等都非常高兴。

1951 年 1 月 20 日，兵团领导将部队的这些进步情况，给党中央、毛泽东写了工作总结报告。毛泽东阅后，非常高兴，即转傅作义批阅，并在报告上写道：

宜生兄：

　　二十三兵团最近情况报告一份，送上请阅。阅后请予掷还。二十三兵团进步如此之大且快，可为庆贺！

　　此致

敬礼

毛泽东

1 月 28 日

毛泽东对部队的关怀和称赞，使兵团全体领导精神为之一振，增添了带好部队的信心，进一步鼓舞了干劲。在周恩来及傅作义的关怀下，董其武在离开绥远不久，其家眷就搬到了北京居住。

部队抵达河北衡水地区后，兵团机关驻景县龙华镇，部队分驻周围地区。在这里，董其武、高克林、边章伍

调兵遣将

等领导在全兵团开展了一系列赴朝参战前的整训工作。由于出绥时间仓促，兵团机关的成立大会到龙华镇后才正式举行。

1951 年 1 月 11 日，兵团机关在龙华镇召开了成立大会，董其武和高克林在会上讲了话。在这之前，分别成立了兵团党委会和兵团的最高领导权力机关，即军政委员会。

1 月 29 日，董其武和高克林到华北军区开会，接受了军委的指示，要兵团在半年内完成入朝作战前的各项准备工作。

会后，兵团领导分别召开了师以上干部会议和紧急会议，决定在团结改造的总方针下，加强阶级斗争教育、爱国主义与国际主义教育，早日完成解放军化的任务。同时，努力完成部队整编、骑兵下马、补充新兵、改换武器和军事训练等任务。

整训运动从 2 月中旬开始，到 4 月初结束。

内容是以反对军阀主义，揭发隐藏的特务、反革命分子，进行忆苦，自我教育为主，以提高广大干部战士的政治觉悟，使部队彻底解放军化。

对于开展民主运动，董其武是积极拥护的。他以为在提出"五不要"后，部队就基本稳定纯洁了。

不料部队初到河北之后，有两排人逃跑，说明部队还没有完全摆脱起义前的许多不良影响，且相当严重。他认为这些问题不解决，就很难完成任务，为此在兵团召开的反对军阀主义的大会上，带头解剖了军阀主义的种种表现和危害。

他说道："军阀主义的思想就是特权思想，作威作福，把部队看成是个人的财产，是个人升官发财和争夺权力的工具，是个人专横独断，站在人民头上，站在士兵头上，压迫人民、压迫士兵。这是封建主义思想在部队中的反映。"

在同军阀主义斗争中，广大指战员表现积极，以自己的亲身经历或亲人的血泪历史，控诉了军阀主义的残酷迫害，检举和揭发了隐藏的特务、反革命分子和坏分子。这场运动也给予董其武很大的教育。

有一次董其武下基层，一个战士拿出一件血衣，控诉在国民党军队中曾有过特务分子对一个逃亡士兵刺了37刀，并挖出了肝肺。这个战士泣不成声，当场昏倒在地。

在场群众都愤怒地拍着胸膛，要为死者报仇。通过这件事，董其武认识到，旧军队中许多罪恶，都是由大权独揽、压制民主的一长制造成的。

董其武受到教育后，在兵团的军政干部会上作了深刻检查，批判了自己思想上的种种余毒，受到了大家的称赞。

此后，他经常以群众的意见检查、对照和鞭策自己，做到有则改之、无则加勉，决心当小学生，以昨死今生和脱胎换骨的精神改造自己。

但当他看到群众有较多的意见和不满时，也难免顾虑重重。

调兵遣将

有一次，董其武到北京开会时，向周恩来汇报了自己的苦闷心情。

周恩来说："民主运动对你是'解了旧甲换新甲'。这是必经的一个过程。随着部队建设的正规化，只要你努力工作，威信很快就会恢复。到那时的威信才是真正的威信，同时部队才真有力量。"

周恩来的教诲对他启发很大，使他消除了顾虑，变苦闷为愉快，进而虚心接受意见，改正错误，发扬民主。

在群众检举揭发中，共检举出反革命分子 1905 人，参加反动党团、政治派别的共 1924 人，交出私藏长短枪 133 支。

在以上这些人中，经兵团党委重点审查，扣捕、管训现行反革命分子 512 人，其他人则调离学习，继续考察。通过民主运动，部队在思想上、组织上、作风上有了本质变化，指战员觉悟空前提高，进一步加强了党的领导，大多数旧军官受到了教育，认识到了群众力量的伟大，军阀主义的流毒被彻底肃清，部队向解放军化又迈进了一步。

整编命令下达后，各部深入动员，迅速行动。尤其是撤销番号的 4 个骑兵师、旅的骑兵，为了抗美援朝的需要，坚决执行命令，愉快地下马，改建步兵。整编于 4 月 13 日胜利完成。

整编后部队虽精干了，但缺员严重。于是中央军委决定，从湖南、江苏、河南征集了两万多名新战士补充部队。新兵充实到连队后，全兵团立即掀起了练兵的热潮。除了射击、投弹、刺杀、土工作业、爆破五大技术为重点课目外，边章伍还根据朝鲜战争的特点，增添了防空伪装、打坦克、近战、夜战、迂回包围等内容。

兵团领导派出司、政、后的机关干部，分配各军、师指导训练。经过几个月的军政训练，部队思想面貌有了大的变化、战术本领有了大的提高，赴朝参战的信心日增，进步的新型军队出现了。

为了增强朝鲜战场的有生力量，迫使美帝国主义老老实实地坐下来谈判，8月20日，中央军委下达命令：二十三兵团组成中国人民志愿军二十三兵团，董其武任司令员，高克林任政治委员。并要求在8月底完成出国作战准备工作。

董其武、高克林主持召开了兵团军政委员会会议，传达了中央军委的命令。不到10天，部队就完成了出国的准备工作。

调兵遣将

志愿军空军司令部成立

1950 年 10 月，刘亚楼受召来到中南海。

毛泽东说："志愿军地面部队，主要是以步兵和为数不多的炮兵、坦克兵参战。与拥有陆、海、空相互配合的美国军队作战，制空权必然操纵在美军手中，这对志愿军的战斗行动极为不利。彭德怀同志最担心的便是出国作战有无空军掩护的问题。从金日成的电报来看，他们吃了美军空军的亏。"

毛泽东猛抽了两口烟又说："为此空军必须迅速开赴前线，支持志愿军地面部队作战。"

刘亚楼思考着毛泽东的话，说："如果将这样弱小的部队贸然地投入战斗，同有强大优势的美国空军交手，后果很难预料。"

"真是关公面前要大刀啊！"毛泽东说。

刘亚楼说道："情况确实如此，但我们又不能等练好了强大了再打，只能是边打边建，边打边练，在战斗中锻炼成长。主席说过，革命战争常常不是先学好了再打，而是干起来再学习，干就是学习，请主席下达命令，空军一定早日参战。"

毛泽东说："在战斗中锻炼成长，不仅是战争客观形势的要求，我看还是促使空军迅速成长壮大的正确道路。"

刘亚楼说："我们一定以战斗的胜利回答党中央和主席的信任、期望！"

"还有人民！"毛泽东补充道。

刘亚楼随即奉命紧急组建志愿军空军，而此时的空军司令员刘亚楼的手中只有一张牌，也是唯一的一张王牌，就是空军第四混成旅。

这支部队还远没有达到出国作战的能力，而且面对的是世界头号空中强国。

在空军的一次党委会上，刘亚楼明确指出："组建作战部队的步伐必须加快，各航校要尽可能多、尽可能快地组建航空兵部队！"

参谋长王秉璋汇报说："目前，各航校的空、地勤学员数量，都达到了飞机、器材、教学和训练承受能力上的最大限度。"

刘亚楼深思了好一会儿，起身说："总之要突出一个'快'字，我看可以将飞行学员的四级训练体制改为三级训练体制，免去高级教练阶段，毕业后直接到部队使用战斗机。"

会议讨论后，表示赞同。

刘亚楼最后说："空军上下都要紧急行动起来，投入一级战备状态，政治部一定要做好工作，促使全军的思想都集中在一个目标：反击美国空中强盗，保卫祖国领空不受侵犯！"

从 1950 年 8 月到 10 月，在不足 2 个月的时间内，混成四旅 4 个团增补了 7 个航校新毕业的学员；并像滚雪

调兵遣将

球一样，很快便组建了空二师、空四师、空五师、空八师、空十师；各军区空军也相继诞生。

11月2日，中央军委一纸调令，让中南军区空军司令员刘震去东北，就任东北军区空军司令员。

11月4日，一架专机把刚上任不到20天的中南军区空军司令员刘震从武汉接到北京。

凭着多年的战争经验，刘震敏锐地意识到有什么新的任务落到自己的身上。一下飞机，刘震直奔刘亚楼的住处。

专机到达北京时已是晚上，刘亚楼顾不得给他更多的休息时间，急于要找他谈话。

这晚，刘亚楼已送走4拨客人，房里终于安静下来，刘亚楼一边批阅文件，一边等待刘震的到来。

刘震到达后，刘亚楼的谈话直入主题："调你去东北军区空军工作，任务是准备组织志愿军空军参加抗美援朝工作，你将担任志愿军空军司令员。"

刘震颇感意外，当即说："搞陆军建设和作战指挥我还有点办法，而搞空军的作战指挥我却毫无经验。司令员，还是让我回中南空军工作吧！待日后空军进入了抗美援朝战场，我可以随时去学习。"

刘亚楼听后说："人民空军是刚刚从陆军基础上建立起来的一个技术军种，你没有经验，我也没有经验，大家都没有经验，只能摸索着去干，困难肯定是有的。我们又向苏联请了一批顾问帮助我们训练机关和部队，苏联还派了一批部队配合我们作战。他们建军早，又有作战经验，这是有利条件。我们向他们学习，对建设我们自己的空军来说，这是一条捷径。"

他见刘震不语，又说道："你的这次调动，可是志愿军司令员彭德怀和东北军区司令员高岗点将，经毛主席亲自批准的哦！我也很赞同军委的这一任命，我们俩同在四野工作过，我是了解的，知道你很会打仗！"

话到这里，刘震只好表示服从分配，只是又补了一句："司令员，拿飞机去跟美国人打仗不是闹着玩的，我心里实在没底，我先去试试，如果不行，还请再另调人。"

刘亚楼不置可否，笑着说："你去东北后，要抓紧时间尽快着手建立志愿军空军的领导机构，我们帮你一道来进行。"

他一边说，一边在纸上列出志愿军空军领导机构的编制序列和军政班子人员的名单。

他说："我们空军初创，军区以上的领导机构不健全，不具备由一个单位组建志愿军空军领导机构的条件，只能是凑班子干。"

刘震马上说："我们外行，所以我需要那些懂业务、个人素质好的优秀军干部。"

刘亚楼用笔画了一下说道："我就知道你要这样说。我已经想好了，把空军机关一些主要部门的领导干部，比如作战处长岳天培、通信处长杜力、指挥处长沈甸之、领航科长陆锦荣等这些熟悉业务的同志调配给你，还有，我们还打算让常乾坤副司令员去兼任志愿军空军的副

调兵遣将

司令。"

刘震说:"司令员考虑得很周到,有这么多空军干部来帮我,特别是常乾坤副司令,他是搞航空的行家,又是我党最早学航空的老同志,他来兼任志愿军空军的副司令员,我心里踏实多了。"

刘震明确了任务之后,立即赶赴沈阳,着手建立机构,同时学习如何指挥空军作战。

1951年3月15日,志愿军空军领导机构在安东正式成立。当时正式名称叫"中朝人民空军联合司令部",大家习惯称"空联司"。刘震被任命为司令员,常乾坤为副司令员。空军联合司令部驻扎在安东四道沟一个山沟的大坑道中。

在此后的抗美援朝战争期间,中国空军的无数条命令都是从这里发出去的,这里是空军的指挥中枢。

新建特种兵部队强化训练

1950 年 5 月 14 日，毛泽东将许光达从兰州召到北京，亲自委派他筹建人民装甲兵领导机关。一个月后，毛泽东便签署了中央军委命令，任命许光达为装甲兵司令员兼政治委员。

1950 年 7 月 14 日，许光达在战车第一师干部大会上提出：

> 在全军范围内准备编成几个坦克旅，成为中国人民解放军坦克部队的雏形，加强训练，提高技术，一旦发生战争，我们马上就能够担负战斗任务。

9 月 1 日，以第二兵团机关为基础，中国人民解放军摩托装甲兵司令部在北京宣告成立。这一日，被定为人民装甲兵诞生日，标志着我军装甲兵作为一个崭新的独立的新技术兵种，已正式纳入人民解放军的战斗序列中，我军建设从此走上机械化、装甲化发展的道路。

1950 年 10 月，许光达向代总参谋长聂荣臻递交了题为《为准备 1000 辆坦克而奋斗》的报告，提出装甲兵部队三年计划，其中每个师有一个坦克自行火炮团，由装甲兵党委负责建设。

调兵遣将

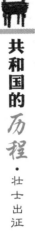

10 月 18 日，毛泽东发布命令，组织中国人民志愿军入朝参战。但是，刚刚组建的人民装甲兵要不要参加援朝作战，与强大的美军一决雌雄呢？

关键时刻，毛泽东再次下定决心："往娘怀里躲的崽没出息，要在战斗中建设装甲兵！"

一声令下，年轻的人民装甲兵便同人民志愿军陆军部队一起准备入朝参战。

装甲兵部队党委作出决定：

> 要求部队在 3 个月内完成一年的训练任务，迅速掌握基本技术，随时准备入朝参战。

为此，许光达率领机关参谋人员深入到基层部队蹲点，帮助部队制订科学的训练计划，改革训练方法，突出重点、难点，提高训练质量。

与此同时，中央作出了建立一支强大的炮兵的决策，并决定组建军兵种领导机关。谁来掌舵炮兵呢？

毛泽东幽默地发话："红四方面军有个陈锡联，外号叫'小钢炮'，搞炮兵当然是内行！"

1950 年 4 月 25 日，毛泽东签署命令，任命年仅 35 岁的陈锡联为炮兵司令员，后经 3 个多月的紧张筹备，中国人民解放军军委炮兵司令部于 8 月 1 日在北京成立。

1950 年 10 月 20 日，陈锡联到中央军委报到，次日正式到炮兵就任。在陈锡联到京之前，中央军委已抽调四野特种兵副司令员苏进到北京筹建炮兵领导机关，并担任炮兵副司令员兼参谋长。

1951年初，为尽快把领导机构建起来，以适应朝鲜战场的迫切需要，陈锡联请求中央军委将四野炮兵机关的大部分人员调京，充实了军委炮兵机关，成立了炮兵政治部、炮兵干部管理部、炮兵后勤部、炮兵军械部等部门。与此同时，在华东、东北、西北军区也建立了炮兵领导机构。

此时，在朝鲜战场第一次战役和第二次战役之间，志愿军在朝预备炮兵只有3个师部、14个团，战场压力很大。

经陈锡联等向中央军委请求，从西北、西南、中南等军区共调给军委炮兵8个"有良好的军政素质和丰富的作战经验"的步兵师，用以改建新的炮兵部队。

为使他们迅速掌握炮兵技术，陈锡联等先后在黑龙江、辽宁、河北、山东4省迅速组建了8个训练基地，采取了"紧张的、短期突击的、战时的训练方法"进行改装训练。

在此过程中，陈锡联指示对上述指战员进行国际主义、爱国主义和我军宗旨等政治思想教育，使他们认清抗美援朝、保家卫国的重大意义，坚定敢打必胜的信心，激发革命热情，自觉服从革命需要，投入到轰轰烈烈的改装、训练热潮中来。

就这样，只用两三个月就完成了改装、训练任务……这些完成改装、训练任务的部队，马上被源源不断地输送到抗美援朝前线战场。

调兵遣将

与此同时，军委通信部迅速组建中国人民志愿军司令部通信处，指导协助参战部队迅速健全各级通信机关与通信分队，从各地调集通信人员和器材补充入朝部队，在东北地区组织安装军用导航设备，抢建有线电通信线路和无线电转报台。

当时，志愿军领导机关只有9部短波电台、一个电话队，只相当于一个连。每个军有各类通信人员2500至3000人，占军总人数的5%至6%，无线电通信机60余部，还包括步话机，有线电单、总机370余部，被覆线只有440余单公里。

为此，志愿军通信兵发扬勇敢顽强、准确细致的优良作风，运用以无线电为主的多种通信手段，保障作战指挥。

在抗美援朝战争中，通信兵逐渐发展，至1953年7月，志愿军领导机关除有短波电台、音频电话外，还建立了无线电收发信集中台、载波电话、电传电报及无线电接力通信等固定台站；每个军有通信人员4400余人，占军总人数的9%左右，无线电通信机320余部，有线电单、总机1200余部，被覆线1700余单公里，较战争初期分别增长了3.8倍、2.2倍和2.8倍。

三、 奔赴前线

- 彭德怀说："从今天起，我国就开始进入战争状态。这次志愿军入朝作战，可比辽沈战役的规模大得多，任务要艰巨得多。"

- 1950 年 10 月，志愿军首批部队入朝，中央军委决定组织志愿军空军参战。

- 彭德怀立即指示：命令华东海军派员入朝，在清川江秘密布雷，击退美军于滩头，粉碎对方的登陆计划。

改建志愿军指挥机构

1950 年 10 月 19 日拂晓，从北京饭店开出几辆小汽车，驰过寂静的长安街直奔西郊机场。坐在车内的彭德怀这时睡着了，高岗也昏昏欲睡。

昨夜，他们和毛泽东、周恩来一起反复研究入朝作战的方案，几乎彻夜未眠。

汽车到达机场，彭德怀才猛然醒来，他说："啊呀，这辆车可帮了我的大忙！"

9 时左右，专机降落在沈阳机场，彭德怀和高岗立即驱车去东北军区司令部。李富春、贺晋年、李聚奎等早已在此等候，彭德怀来不及坐下就说：

> 从今天起，我国就开始进入战争状态。这次志愿军入朝作战，可比辽沈战役的规模大得多，任务要艰巨得多。过去我们在国内作战，物资弹药主要靠敌人"供应"，现在是靠我们自己。东北地区是志愿军的后方基地，你们要紧急动员，全力以赴。

10 月 19 日上午，彭德怀和高岗乘专机在 4 架战斗机的护航下到达安东。这时，各路渡江部队正等待着出发的命令。

这时，朝鲜人民军次帅朴一禹急急忙忙地过江来要求见彭德怀。朴一禹说，朝鲜战场的情况已很危急，金日成请求中国军队赶快过江支援他们。

当彭德怀告诉他当天晚上就出兵时，朴一禹感动得流下了热泪。他连声说："这就好了，这就好了！"

10月19日傍晚，安东地区冷风夹杂着细雨。彭德怀在鸭绿江畔与前来送行的高岗和志愿军领导人匆匆握手告别。谈话间，司机踩开了油门，随行参谋杨凤安和警卫员郭洪光、黄有焕都上了车。

彭德怀跃进车内，吼了一声："开车！"

汽车冲上鸭绿江大桥。这时北风大作，雨雪交加，夜幕笼罩了鸭绿江两岸的山河大地。

经过整整10天分秒必争的工作，彭德怀来不及换上人民军的将军服，仍身着从西安穿来的旧粗呢子黄军装，就乘车离开了祖国。在吉普车后面，只有一辆装电台的卡车紧紧跟随。

彭德怀进入朝鲜后，经过几个小时的颠簸行驶，在20日黎明前，到达鸭绿江南岸的水丰发电站。他们在与金日成取得联系后，傍晚又乘车向平安北道昌城郡的北镇进发。

经过一夜走走停停的艰难行程，彭德怀一行于21日黎明前到达金日成指定的会晤地点，位于东仓和北镇之间山沟内的一个叫大洞的小村庄。朝鲜副首相朴宪永领

奔赴前线

着彭德怀下车步行，在一间草房里找到了我国驻朝大使馆临时代办柴军武。

8时30分左右，金日成派人来请彭德怀，柴军武陪同前往。两人在田埂上边走边谈，突然，彭德怀停步问："军武，你身上带着小剪刀没有？"说着抬起两臂，两个破袖口上吊着一些长短不齐的线头。

柴军武会意地笑了，就摸出一把指甲刀给他修理起来。指甲刀剪不齐，彭德怀把头一摇，说："算了！实在太紧张了，没时间换衣服。反正是战争时期，就这样去见吧！"

两人来到一所整洁的朝鲜式房屋前，早已在室外等待的金日成微笑着迎上前来，他说："我代表朝鲜党和政府及朝鲜民主主义人民共和国人民，热烈真诚地欢迎彭德怀同志！"

彭德怀在转达了毛泽东、周恩来的问候后，向金日成介绍说：

中国志愿军先头部队共有4个军和3个炮兵师，此外，还有高射炮团、工兵团、汽车团等部共约25万余人，已于19日晚开始分批自安东、长甸河口、辑安3个方向渡鸭绿江入朝。根据敌军兵力装备占绝对优势的情况，已建议毛泽东再调2个军尽快入朝参战，这样第一批入朝的志愿军将达到6个军共约30万人。中央军委准备再调两个兵团共6个军作为第二批志愿军入朝，以后根据实际情况还可继续增调。

金日成十分感谢中共中央和毛泽东主席的全力援助。

为使朝、中两军能协调作战，彭德怀希望金日成率人民军总司令部和志愿军司令部住在一起，以便随时协商处理重大问题。

金日成表示还有许多问题亟待他去解决，因此派朴一禹作为朝鲜代表住在志愿军司令部，重大问题可通过朴协商解决。中国志愿军入朝后的作战行动，则请彭德怀指挥处理。

就在金日成、彭德怀会谈的前一天2时30分，毛泽东在发给彭德怀并告邓、洪、韩、解的电报中指出：

> 截至此刻为止，美伪均未料到我志愿军会参战，故取于分散为东西两路，放胆前进。估计伪首都的伪两师要7天左右才能进到长津，然后折向江界。彭、邓要住在一起，不要分散。

10月21日3时30分，毛泽东发给邓华并转告彭及高的电报。电报指出：

> 你们是正前进，我意十三兵团应即去彭德怀同志所在之地点和彭住在一起并改组为中国人民志愿军司令部，以部署战斗。

在电报最后，毛泽东又强调十三兵团领导邓华、洪学智必须与彭德怀住在一起，他在电文中说：

你和其余同志率必要机构住彭处为宜。

按照毛泽东的指示，邓华、洪学智通过彭德怀的联络员，找到了彭德怀住的大洞这个村庄。大洞也是一条小沟，沟口上布满了岗哨。

邓华、洪学智走进大洞村后，他们看见彭德怀和金日成，就首先敬了个军礼，接着握了握手。金日成示意让他俩坐下，然后笑着问："你们是怎么找来的？这个地方很偏僻，很隐蔽，可不好找啊！"

邓华说："是彭德怀发电报告诉我们，让我们来的。"

金日成、彭德怀、邓华和洪学智谈了一会儿，金日成说："你们同彭德怀司令谈吧。"说完即告辞出去了。

金日成走后，邓华急忙问彭德怀："我们两天多没接到你的电报，电台也没联系上，真让我们好着急，好担心呀！"

彭德怀笑了笑，对他们说："嘿，出了点小故障。过江后，我见到新义州的季委员长，朝鲜的副首相朴宪永也在那里等我们。"

彭德怀对邓华、洪学智说："现在的情况就得靠我们了。"

彭德怀接着问他们："毛主席的几封电报你们也都收

到了吧?"

邓华和洪学智一齐回答:"收到了。"

洪学智说:"老总,你21日发给中央军委和我们的关于改变决战和部署的电报,我们也看到了。你的意见和毛主席的意见是一致的,我们完全赞成。"

洪学智说:"彭老总,还有一个问题。"

彭德怀问:"什么问题?"

洪学智回答道:"三十九军东进以后,新义州、定州地段空虚,为防止敌人从海上登陆,得赶快把六十六军调到安东、新义州一带来。"

彭德怀听后,当机立断地说:

马上给军委发电,让六十六军明后两天即从天津出发,开往安东,以一个师负责新义州、定州交通线,主力作为志愿军预备队。我和金日成商量好了,志愿军司令部就设在大榆洞。就在大洞北面,离得很近,你们马上带人通知解方,让他带着兵团机关尽快向大榆洞运动。兵团机关一到大榆洞,就与各军、师沟通通讯联络。

邓华说:"明白了。"

彭德怀说:"你们赶紧去大榆洞,重新调整部署。我在这儿同金日成同志就朝鲜战局问题再作进一步研究,

奔赴前线

研究完我就去大榆洞与你们会合。"

10月24日，彭德怀从大洞来到大榆洞，同十三兵团司令部机关会合。

彭德怀一到大榆洞，就召集了十三兵团领导开会，部署作战的有关事宜。

彭德怀说：

> 现在是战争时期，我这个志愿军的司令员兼政委，虽然是已经下命令了，可是手下连个指挥机构也没有，怎么指挥作战呢？现在临时抽人组织志愿军的领导机构，一是没地方去抽，二就是有地方抽也来不及了。所以，我已向毛主席请示，毛主席也有这个意思，就是把你们十三兵团的领导机构，改为志愿军的领导机构。你们几位呢，也同时改为志愿军的领导，这样我们就真正的融为一体了，指挥起来也就方便了。你们看怎么样？

停顿了一下，彭德怀望着邓华微微一笑，说："我已被任命为司令，你就不当司令了，你邓华任志愿军第一副司令兼副政治委员，并担任志愿军党委副书记。"

大家听了彭德怀的话，都说："我们服从毛主席和彭总的决定。"

彭德怀说："好了，形势很严峻，大家不用多说了。"

彭德怀讲到这里，兴奋地说："下面我来宣布一下志愿军领导的分工。战争时期军情紧急，我没有和你们商量就定了。"

彭德怀接着说："分工是这样的：我呢，司令员兼政委，抓总并分管作战工作。

"邓华同志任第一副司令员兼副政委，主要是分管干部工作和政治工作。

"洪学智同志任第二副司令员，主要分管司令部的工作、特种兵和后勤工作。

"韩先楚同志任第三副司令，不具体分工，到部队去督促检查作战问题。

"解方同志任志愿军参谋长。

"杜平同志任志愿军政治部主任。"

彭德怀接着说："为了便于工作，便于和朝鲜人民军协调，我们志愿军的领导要有一位朝鲜同志，我同金日成同志商量，确定为朴一禹同志。他的职务是副司令员兼副政委，同时还担任我们党委的副书记。"

会后，十三兵团司令部改为志愿军司令部，这样，中国人民志愿军的首脑机关就算正式成立了，它直接指挥全部志愿军的作战。

11月5日22时，毛泽东给志愿军司令部发来一封电报，电文如下：

各电均悉，部署甚好。

奔赴前线

　　江界长津方面，应确定由宋兵团全力担任，以诱敌深入，寻机各个歼敌为方针，尔后该兵团即由你处直接指挥，我们不遥制。九兵团之一个军应直开江界，并速去长津。

毛泽东

11 月 5 日

志愿军空军边打边建

中央军委批准空军的方案后，刘亚楼便给彭德怀写信，跟他讲明了空军当时的状况，要求彭德怀给他一点时间练练兵。

11 月初，刘亚楼等来到辽阳，对空四师师长方子翼、政委李世安面授机宜，让他们做好率先出击的准备。空四师受领任务后，立即进行了一个月的突击训练。

11 月 30 日，刘亚楼陪同朱德来到辽阳检阅空四师，并观看了飞行员的飞行表演。飞行员落地后，朱德和他们一一握手，鼓励他们为祖国争光。朱德说："前方的部队正盼着你们呢！"

刘亚楼说："我们跟美国飞行员打仗，是关公面前耍大刀，关公能耍，别人也能耍，你们就要耍给美国佬看看！"

刘亚楼召开了空军党委会，研究志愿军空军入朝作战的指导思想和参战后的兵力使用问题。

指导思想是为陆军服务，以陆军的胜利为胜利！兵力则应积累到一定数量时，即至少可出动 100 架至 150 架飞机时，选择适当时机集中出击，直接给敌人以最大的杀伤。

苏联顾问听说志愿军空军即将向美国空军开战，感

奔赴前线

到十分震惊，急忙找到刘亚楼陈述自己的意见。他说："同美国空军作战并不是不可以，但那是许多年以后的事情。目前，双方空军实力对比过于悬殊还在其次，最关键的一点是，中国空军完全没有实践经验。还有重要的一点，就是双方的飞行员不能相提并论，你们的飞行员都是毫无经验的新手，而美国飞行员则是一些久经沙场的老手，后果将是不可想象的。你们这样干太冒险了，太不科学了！"

刘亚楼的回答是："严峻的战争形势，要求志愿军空军必须迅速开赴前线，支持志愿军地面部队作战。在这种情况下，只能是边打边建，边打边练，在战斗中锻炼成长。"

苏联顾问仍感到不可思议，认为我军领导人固执，是拿鸡蛋碰石头。他们的意见诚恳而有一定道理，但并没有动摇志愿军空军赴朝作战的决心。

1950 年 10 月，志愿军首批部队入朝，中央军委决定组织志愿军空军参战，其基本任务是：

在友军空军和地面防空部队的协同下，夺取并保持重要地区的局部制空权，以掩护交通运输线，保卫军事和工业目标，支持地面部队作战。

同年 12 月，"联合国军"用在朝鲜战场上的各种作战飞机约1200架，其中美军飞机1100架；美军飞行员的飞行时间均在1000小时以上，许多人参加过第二次世界大战，有些人是所谓的"王牌驾驶员"。

而志愿军空军只有刚组建的两个歼击师、两个轰炸师、一个强击师，作战飞机不足300架，飞行员的飞行时间平均只有100多小时，在喷气式飞机上只飞过20多个小时，没有空战经验。

志愿军空军受领任务后，陆续成立8个歼击师。由于任务紧迫，所有歼击部队都采取边打边建、边打边训、以老带新的办法，实行轮番作战。

奔赴前线

海军执行清川江江口布雷任务

1952年12月9日，总参召开特种兵首长会议。聂荣臻传达了中央关于反登陆作战的指示。

海军司令员萧劲光、副司令员王宏坤研究了中央这一指示后，给中央和军委、总部写了报告，尽力争取海军派部队参加朝鲜战场作战。

彭德怀考虑到：志愿军没有空军的保护，又无海军的两翼支持，恐怕会受到敌人的左右进攻。

彭德怀说："敌人不是傻瓜，他们现在想什么呢？会不会设下圈套让我们钻呢？他们会不会利用我们现在的战线过长，再造一次仁川登陆计划呢？"

1953年春节前，彭德怀预料到美军第二次登陆计划酝酿出台。他立即指示：

命令华东海军派员入朝，在清川江秘密布雷，击退美军于滩头，粉碎对方的登陆计划。

海军总部作出决定，派出鱼雷艇部队、布设水雷部队、岸炮部队入朝，参加西海岸的防守。

海军参战部队由志愿军西海岸指挥部领导，海军设前线指挥所，由鱼雷快艇学校政委朱军负责，办公室主任由海军炮兵学校副校长王一平担任。

预备参战的快艇部队是鱼雷快艇三十一大队，下辖一、二、三中队共 18 艘鱼雷快艇和预备中队，由于在朝鲜没有补给设施，没有实际赴朝，只是在青岛备战。

1953 年 1 月上旬，首先进入朝鲜的是海司海道测量部派出的测量队，有陆上、海上两个测量队。

1953 年 1 月 9 日，海军淞沪基地参谋长孙公飞带领部分布雷人员到达朝鲜，布雷队主要人员 3 月到达。

1953 年 2 月 22 日，华东海军"济南"舰水雷班班长林有成，"西安"舰、"武昌"舰和"长沙"舰的水雷班长郑长晖、唐兆贤和应加琪，来到支队司令部作战室开会。

作战室主任立即宣布了命令：

> 你们 4 人后天出发，到北京去，到海军司令部接受作战任务。至于什么任务，报到以后就会知道了。

在海军司令部，他们领受了战斗任务。直到此时，他们才知道：他们要跨过鸭绿江，奔赴朝鲜西海岸指挥部参加抗美援朝，并单独执行清川江水下设雷任务。

此次作战任务由海军参谋长张学思任总指挥，任命华东海军扫雷大队队长孙公飞为总负责。

至此，一支由华东海军抽调 17 人组成的赴朝作战

奔赴前线

"别动队"秘密组成。在当月底，他们集体乘火车到达安东。按规定，他们把海军呢制服脱下来，换上了志愿军穿的棉大衣、棉制服及毛皮鞋。

由于这次战斗任务非常特殊，他们的准备工作全部是在高度保密的条件下进行的。在美国海、空军眼皮底下，在清川江偌大的江口上布设水雷，只能加强保密和发挥反侦察手段。

装甲兵、炮兵入朝参战

1951年3月1日，中央军委下令装甲兵部队入朝参战。3月31日，首批入朝的志愿军装甲兵坦克第一师，下辖第一、第二团和坦克第二师第三团，开始陆续渡过鸭绿江入朝参战。并以坦克兵第一师师部为基础组成了志愿军装甲兵指挥所，黄鹄显任中国人民志愿军装甲兵指挥所师长。

1951年4月26日，为了及时总结坦克部队以战代训的经验，许光达决定到朝鲜战场实地考察。

许光达一行跨过了鸭绿江，下午到达志愿军总部。彭德怀亲切接见了许光达。许光达向彭德怀汇报了此行的意图，并听取了彭德怀的有关意见。

随即，他驱车前往在前线作战的装甲兵先遣团。途中，许光达看到十几辆美国坦克在燃烧着，他忍不住跳下车。一名防空哨兵告诉许光达，这是我军缴获的美军坦克，被敌机炸毁。敌军怕我军修复使用，一次一次前来轰炸。许光达感到十分惋惜，他对随员说："这是个教训，应该组织一支徒手坦克部队入朝，配备足够的修理工，用缴获的敌人坦克来装备自己。"

在考察中，许光达要求坦克部队要经得起挫折的考验，大胆使用坦克作战，不要怕打坏。

奔赴前线

许光达在朝鲜前线搞调查研究，总结了铁路输送坦克、履带行军、技术保障和战场坦克分队政治工作等经验，获取了有关组建有战斗力的中国装甲兵的丰富的感性知识。我坦克部队入朝后，对于巩固阵地和整个防御起到了重要作用。

1951 年 5 月 5 日，志愿军装甲兵在黄鹄显的率领下，又相继投入 9 个团，入朝参战。

1951 年 7 月 16 日，摩托装甲兵司令部改称装甲兵司令部。从苏联首批购进 10 个坦克团的装备。

1951 年 11 月 29 日，独立坦克第一团亦入朝。

1953 年 7 月 27 日，志愿军装甲兵坦克一师、三师和二师大部，坦克独立一团、二团、三团、六团以及步兵三十二师、三十三师、四十六师、四十七师的师属坦克自行火炮团，分三批轮流赴朝，并相继参加了 1951 年夏秋季的防御作战、1953 年春季的反登陆作战准备和夏季的反击战役。

1950 年 10 月 23 日，志愿军炮兵第一师和炮兵第二师第二十九团、工兵第四团、第六团渡过鸭绿江入朝参战。队属炮兵主要装备山炮、步兵炮和小口径迫击炮，由骡马驮载或人力背负，其建制多为连、营。

10 月 25 日，志愿军炮兵司令部在政治委员邱创成、副司令员匡裕民率领下，由安东渡过鸭绿江入朝，统一领导和指挥在朝鲜的志愿军炮兵部队。

1951 年 1 月 27 日，中央军委决定组成精干的炮兵指挥所，统一指挥在朝炮兵，于2月3日入朝。

2月中旬，军委炮司命炮兵第二十一师迅速完成改装训练，做好入朝参战准备，并提出了"短期的、重点的、速成的"训练方针。随即又给师里派来了由有丰富的火箭炮作战和训练经验的苏联将军、军官和军士组成的专家组，帮助指导各团的军事训练。

在正常情况下，一个步兵团改装火箭炮团，从组成到形成战斗力，至少需要一年时间。

师党委认真讨论了军委炮兵司令部关于改装训练的方针和要求，确定了各团训练必须坚持"先技术、后战术"、"专业为主，一般为辅，操作为重点"、"急用先学、学以致用"的原则，并在苏联专家帮助下，制订了"由单个教练开始，经过班、排、连、营教练，尔后团综合教练，最后进行战术演习和实弹射击"的训练计划。

2月20日，各团在深入动员的基础上，开始了热火朝天的28天突击大练兵。改装训练是在苏联专家指导帮助下进行的。师、团尊重专家的意见，但又不完全依赖专家。专家负责拟订训练计划、编写教材、指导教学，但训练的组织领导、训练计划的实施，则全部由师、团司令部负责。

3月19日，全师各团全部完成了改装训练任务，迅速掌握了火箭炮兵的基本技术、战术。军事训练刚结束，全师又立即开展了14天的动员教育工作。

各团深入开展了"抗美援朝，保家卫国"的动员教

奔赴前线

育工作；师党委还提出了"打响第一炮，为祖国人民争光"、"向董存瑞、郭俊卿学习，英勇杀敌，争立国际功"的口号和"边打边练，以战教战"的要求。

动员教育极大地激发了干部战士的爱国主义、国际主义、革命英雄主义精神，坚定了敢打必胜的信心，他们纷纷上书师、团党委，表示要坚决抗美援朝，杀敌立功。

炮兵二〇三团董存瑞生前所在的六连，还上书毛泽东、朱德，请求早日赴朝参战。

1951年4月初，炮兵第二十一师奉军委令，分批入朝参战。师长吴荣正、副参谋长王亚夫奉命组织师前进指挥所，立即率火箭炮第二〇一团、二〇三团第一批入朝；副政委吕琳、参谋长刘义荣等随后入朝。

至此，陆续入朝的炮兵有经过改装的炮兵第二、第八师和新组建的炮兵第七师、火箭炮兵第二十一师、防坦克歼击炮兵第三十一和第三十二师，以及高射炮兵第六十一、第六十二、第六十三和第六十四师。

各兵团陆续跨过鸭绿江

1950 年 7 月 10 日，中央军委保卫国防第二次会议决定：

部队的车运工作，从 7 月 10 日开始，到 8 月 4 日全部结束。

车运工作由中央军委直接领导，军委作战部、总后勤部和军委铁道部具体组织实施，各有关大军区和各铁路局分段负责。

车运计划规定：

部队在车运途中全部采取封闭式管理，只在规定的车站停车，所有的生活物资均由总后勤部协同车站所在地的大军区保障。

由于车运期间正值炎热季节，为了消除部队的疲劳，决定行车时间为 16 时至第二天 10 时，由总后勤部和各大军区在铁路沿线设立补给站，保障部队的生活和休息。

铁道部门根据中央军委的指示：

一切服从军运，一切保障军运。

共和国的*历程*·壮士出证

为保证军运的顺利进行，克服困难，科学调度，紧急调整了车运计划，所有的客车和货车一律服从军运，为军列让路。

编入东北边防军的部队严格执行中央军委的命令，采取了边收拢、边集合登车等措施，迅速收拢部队登车北上，一切善后工作则全部交给留守人员或上级指定部门负责处理，保证了部队及时起运。

1950 年 10 月 19 日晚，中国人民志愿军第十三兵团及所属部队，分东、中、西三路，从辑安、长甸河口、安东雄赳赳、气昂昂地跨过了鸭绿江，开始了伟大、光荣的抗美援朝战争。

第三十八军作为二梯队，尾随四十二军渡江开进。

为保证战役发起的突然性，彭德怀规定各部要控制电台，封锁消息，严密伪装，夜行昼宿，隐蔽地向指定作战地区开进。

第四十军军长温玉成、政治委员袁升平，从安东过江，向球场、德川、宁远地区开进；

第三十九军军长吴信泉、政治委员徐斌洲，从安东、长甸河口过江，一部进至枇岘、南市洞设防，军主力向龟城、泰川地区开进；

第四十二军军长吴瑞林、政治委员周彪，从辑安过江，向社仓里、五老里地区开进；

第三十八军军长梁兴初、政治委员刘兴元，尾随第四十二军过江，向江界地区开进。炮兵第八师和高射炮兵第一团也于当日渡江入朝。

20日，志愿军仅有5个师渡过鸭绿江，前进到新义州以东和朔州满浦以南，距预定防御地区还有120至270公里。

10月22日，第十三兵团政治部发出《政治动员令》。号召兵团指战员：

> 发扬革命英雄主义精神，所有干部及战士，
> 均应争取在第一个胜仗中立个人功，立团体功。

各部队以"抗美援朝、保家卫国"为中心内容，深入进行热爱祖国、热爱朝鲜、热爱世界和平的教育，使广大指战员认清了美帝国主义的侵略本质，认清了抗美援朝与保家卫国的一致性，增强了敢打必胜的信心，极大地激发了战斗的积极性。

10月22日，中央军委决定调第六十六军作为志愿军预备队，以加强志愿军力量。

10月23日，中央军委紧急命令第六十六军入朝参战。在一昼夜内第六十六军完成收拢部队，登车北上。

1950年10月24日，中国人民政治协商会议第一届

奔赴前线

全国委员会常务委员会举行第十八次会议，讨论抗美援朝问题。周恩来在会上作了《抗美援朝，保卫和平》的报告，阐述中国抗美援朝的必要性和可能性。

周恩来指出：

中朝是唇齿之邦，唇亡则齿寒。朝鲜如果被美帝国主义压倒，我国东北就无法安定。我国的重工业半数在东北，东北的工业半数在南部，都在敌人轰炸威胁的范围之内。朝鲜问题对于我们来说，不单是朝鲜问题，连带的是台湾问题。

美帝国主义与我为敌，它的国防线到了台湾海峡，嘴里还说不侵略不干涉。它侵略朝鲜，我们出兵去管，从我国安全来看，从和平阵营的安全来看，我们是有理的，它是无理的。

周恩来最后发出号召：

美帝国主义武力压迫别国人民，我们要它压不下来，给它以挫折，让它知难而退，然后可以解决问题。我们的陆军是能够解决问题的……方式上，我们采取志愿军的形式，无需宣战。宣传上，我们应该广泛宣传抗美援朝，保卫和平。

参加会议的常务委员、各民主党派和人民团体负责人、无党派民主人士一致赞同组织中国人民志愿部队援助朝鲜。

10月25日，中共中央就志愿军领导机构设置和主要干部配备问题，致电志愿军十三兵团党委并转各级党委：

1. 为了适应目前伟大战斗任务的需要，十三兵团司令部、政治部及其他机构，应即改组为人民志愿军司令部、政治部及其他机构；

2. 彭德怀同志为人民志愿军司令员兼政治委员，邓华、朴一禹、洪学智、韩先楚四同志均为副司令员。邓华、朴一禹两同志均兼副政治委员。解方同志为参谋长，政治部、后勤部及其他机构的负责同志照旧负责；

3. 党组织亦照原名单加入彭、朴二同志，以彭德怀同志为书记，邓华、朴一禹两同志为副书记。

奔赴前线

10月26日，第六十六军过江参战，由于时间紧迫，部队入朝政治动员、战斗编组等参战准备工作，均在途中进行。甚至集中保管的武器弹药也是在列车上进行调配、分发、擦拭、检修的。

10 月 28 日，志愿军政治部发出政治动员指示：

> 号召全体指战员在这次战斗中争取立大功，争取当英雄，创造出无数英雄班、排、连队和英雄营、英雄团，并要求开展战场歼敌大比赛。

从此，志愿军跨过鸭绿江，进入朝鲜，和朝鲜人民并肩作战，抗击美帝国主义侵略军。

志愿军的军歌"雄赳赳，气昂昂，跨过鸭绿江"，也响遍了全中国。

1950 年 11 月 7 日，宋时轮指挥第九兵团开始隐蔽入朝，部队悄无声息地在夜幕中急速前进，刺骨的寒风穿透了将士的军装。

第二十军由辑安跨过鸭绿江，经江界、云松洞等地区进到柳潭里以西及西北地区，17 日完成集结任务；

第二十七军自临江进至朝鲜，向长津地区前进，21 日到达旧津里地区；兵团指挥部过江后，立即向江界胜芳洞指挥位置前进；

11 月 21 日，第二十六军进至厚昌口地区，担任兵团预备队兼志愿军总预备队。

至此，第九兵团全部秘密完成了战役集结行动。

11 月 26 日，美陆战第一师师长奥利弗·史密斯少将乘直升机由兴南飞往柳潭里，他在飞机上，俯视下望，把东线战场白雪覆盖着的高山、沟壑一览无余，但并未见志愿军部队运动和集结的迹象。

志愿军第九兵团15万余人，在美军眼皮底下而未被发现，西方军史学家后称赞为"当代战争史上的奇迹之一"。

1951年3月，新入朝的志愿军第三兵团的十二、十五、六十3个军正日夜兼程向三八线开进，副司令员王近山担起了指挥三兵团的重任。陈赓由于腿疾，留在大连治病。可是人在国内，心在朝鲜。当他得悉三兵团在第五次战役结束后，六十军一八〇师在转移途中遭到敌机和敌机械化兵团的包围袭击，损失很大时，他心急如焚，顾不得腿伤未愈，即起程入朝。

3月21日夜，十二军指战员们在长甸河口跨过鸭绿江，踏上了朝鲜的国土。

1951年3月，六十军作为第二批部队入朝参战。当时的军长张祖谅因任川西军区司令员，由韦杰继任军长。

1951年4月，六十军归志愿军三兵团指挥，参加了第五次战役。

1951年2月15日，志愿军第十九兵团开始由安东入朝，司令员杨得志、政治委员李志民，兵团下辖第六十三、第六十四、第六十五军。

第六十三军在军长傅崇碧、政治委员龙道权的率领

奔赴前线

091

下，于 2 月 17 日由长甸河口入朝参战。

第六十四军在军长曾思玉、政治委员王昭的率领下，于 2 月 16 日由安东入朝参战。

第六十五军在军长肖应棠、政治委员王道邦的率领下，于 2 月 22 日从安东、长甸河口入朝参战。

1951 年 6 月 19 日，志愿军第二十兵团，下辖第六十七、第六十八军，在司令员杨成武、政治委员张南生率领下，于 6 月 19 日由安东、长甸河口入朝，参加战斗。

1951 年 9 月 1 日，毛泽东亲自签发中央军委的命令：

命令二十三兵团于 9 月 3 日，由景县驻地出发入朝，担任泰川、院里、南市三机场的修建任务与后方的警戒任务。

命令中对兵团入朝后行军路线作了详细规定，还命令兵团副司令员率领必要的参谋人员及电台一部，提前于 9 月 2 日，由北京乘飞机到安东，与军委空军司令部后勤部政委杨尚儒及空军司令员进行会商，联系兵团入朝后，进行修建机场等问题。

接到中央军委命令后，董其武、高克林主持召开了兵团军政委员会，进行传达布置，同时还派兵团司令部副参谋长袁庆荣率先遣部队于 9 月 20 日赴安东，筹备部队住房与入朝前的物资补充等问题。

随后部队开始陆续出发：9月3日6时，三十六军从景县乘火车出发；9月5日，三十七军乘火车出发；9月8日17时，兵团直属队乘火车出发。

当兵团几位主要领导路过天津、沈阳的时候，还受到了当地领导的热情接待。

9月7日，三十六军的先头部队已到达安东市附近的长甸口，一进入安东，战争气氛就十分热烈了。

从此部队的一切活动都进入临战的状态，随时准备投入战斗。

此时，兵团调整了开进的序列，还请志愿军代表向部队介绍了朝鲜前线的情况及朝鲜人民的生活习惯等情况。

董其武、高克林、边章伍等兵团领导，听取了空军司令部对修建3个机场的具体要求。同时确定三十六军率一〇六师及一〇七师的三一九团，跨过鸭绿江后，经朔州、云山，进入介川之院里，担任院里机场的修建任务；三十七军率一一〇师及一〇九师的三二五团，过江后经朔州、清城镇，进入龟城郡的近郊南市，担任南市机场的修建任务；兵团率直属部队及一〇七师、一〇九师，过江后经朔州、龟城，进入泰川郡，担任泰川机场的修建任务。

各部队的行军路线和任务明确后，即开赴朝鲜境内，按预定时间和行军路线，分赴各修建机场的场地。他们

克服了语言不通、道路生疏、敌机干扰等困难，按时到达了施工工地。

9 月 18 日前，各部分别到达了目的地，受到了朝鲜党政军民的热烈欢迎。朝鲜老乡热情接待，把修好的房屋让给部队，把开水和饭菜送到部队驻地。

指战员们也帮助朝鲜人民抢修房屋，收割庄稼，军民关系搞得十分融洽。

四、 后勤保障

● 为此，毛泽东作出了"急如星火"的指示：要迅速成立朝鲜战争的后方保障供给基地，确定一位能担负此职的"粮草官"。

● 周恩来说："外国的军事家说，后勤是现代化战争的瓶颈。志愿军后勤必须加强，中央军委考虑，要给志愿军后勤增派防空部队、通信部队……"

● 志愿军各兵团领导都赶来参加会议，大家都说：千条万条，运输是第一条。如果有吃的、有弹药，我们一定能打胜仗。

军需给养成为首要问题

1950 年 7 月 22 日，周恩来与聂荣臻、刘亚楼研究后，与聂荣臻联名向毛泽东提出建议：

> 请主席考虑边防军目前是否先归东北军区高岗司令员兼政治委员指挥并统一一切供应，将来粟、萧、萧去后，再成立边防军司令部。
>
> 中南李聚奎到东北后，即兼任军区后勤部长，所带之后勤机构，即合并到东北后勤部中，因东北军区后勤部太弱，不能胜目前的大任。
>
> 这样，部队指挥既可免生脱节现象，供应问题也较容易解决。是否可行，请主席批示，以便及早布置。

7 月 23 日，毛泽东批示同意。

7 月 26 日，中央军委正式下达命令，成立东北军区后勤部，统一组织东北军区和边防军的后勤工作。

兵马未动，粮草先行。这是志愿军第一次出国作战，军需给养自然成为首要问题。

为此，毛泽东作出了"急如星火"的指示：

要迅速成立朝鲜战争的后方保障供给基地，确定一位能担负此职的"粮草官"。

选拔担任此要职人员的任务给了聂荣臻。

聂荣臻从全军的后勤领导干部中，选中了李聚奎。当聂荣臻将李聚奎的名字报给毛泽东时，毛泽东大笔一挥，命令发出了！

李聚奎自此成为东北军区后勤部部长。张明远为后勤部政委，抽调东北人民政府农业部部长杜则衡为后勤部副部长。

当时东北军区没有后勤机关，后勤干部很少，力量薄弱。为了解决这些困难，中央军委和政务院从全国、全军抽调了几千名干部和司机。

志愿军出国作战，就后勤供应而言，过去在国内打仗，作战物资是就地筹措，可以取之于民、取之于敌，可这次全部作战物资都要从国内运过去，要做到这一点，在敌人完全掌握着制空权的情况下，其难度是可想而知的。

由于敌军狂轰滥炸、昼夜封锁，破坏我方的后勤供应，志愿军的口粮及副食供应难以及时得到保证。即便后勤供应保障跟上了，部队白天也不能生火做饭，因为敌机随时可能来搜寻目标，加之战事紧张，指战员们日夜与敌人作战，常常没有时间做饭。

那么，怎样才能有效解决指战员的饮食问题呢？

后勤保障

什么样的食品才能既便于保存携带，又随时能够方便食用呢？

志愿军指战员的干粮问题就成了牵动战、勤各位首长的一个大问题。

李聚奎忽然想到老百姓制作的一种炒面，炒面的特点是食用方便、易于保存，这正符合目前志愿军作战的需要，于是他建议志愿军彭德怀司令员和总后勤部杨立三部长，用炒面来做志愿军指战员的野战方便食品。

李聚奎指示东北军区后勤部按照70%小麦，30%大豆、玉米或高粱的成分生产加工一批样品，这些混合的粮食经炒熟、磨碎后，再加入0.5%的食盐，就成了易于保存、运输和食用的野战方便食品。

这批样品运到前线后，因其既可避免做饭有炊烟暴露目标，又食用方便，而颇受指战员的欢迎。

彭德怀和志愿军总部的其他首长看过样品后也都十分高兴，炒面样品在前线部队试用后效果很好。

彭德怀让洪学智给东北军区后勤部发了电报：

送来干粮样品，磨成面放盐。炒时要先洗一下，要大量前送。并要求在每月为志愿军准备的口粮中，要供应三分之一的炒面。

根据概算，志愿军每月需要炒面450万公斤，东北地区可解决250万公斤，还存在较大的缺口，需要关内加以支援。

周恩来对此非常重视，立即指示政务院向东北、华北和中南各省市布置任务，同时他还在百忙之中亲自与机关的同志一起动手炒面。

东北人民政府专门发出了《关于执行炒面任务的几项规定》，专题研究部署任务。

于是，后方很快出现了"男女老少齐动手、家家户户炒炒面"的现象；前方则是"一把炒面一把雪，夺取战斗新胜利"的动人场面。

仅仅20多天，首批200万公斤炒面就送到了前线，送到了志愿军指战员手中，炒面伴随着将士们浴血奋战，打了许多胜仗。

10月8日，毛泽东正式发布命令：

中国人民志愿军以东北行政区为总后方基地，所有一切后方工作供应事宜以及有关援助朝鲜同志的事务，统由东北军区司令员兼政治委员高岗同志调度指挥并负责保证之。

后勤保障

10月8日上午，彭德怀与高岗，以及翻译毛岸英等人乘飞机抵达沈阳。

下午，彭德怀和高岗召开东北局和东北军区主要负责同志紧急会议。

彭德怀传达了中共中央政治局会议精神，强调了部

队入朝作战的后勤供应问题：

"中央决定东北地区要全力以赴支援志愿军作战。希望我们东北局和东北军区的同志认真研究部署，把各项保障工作务必落到实处，这是关系到志愿军出国作战成败的关键问题。"

10 月 17 日早晨，彭德怀、高岗再次召开东北局和东北军区负责人紧急会议，研究志愿军的后勤供应等问题，张秀山和张明远等参加了会议。

在东北局会议上，张秀山提出：

先从各县紧急抽调一批县长、县委书记以及一批干部，去组建后勤兵站，并到朝鲜去组织建立后勤分部。军区人员不够可从东北局、东北人民政府机关以及各省抽调一些负责干部加强这方面的工作。

东北局常委会同意了张秀山的意见。

在此期间，先后抽调了 6 名东北局委员、4 名东北人民政府部长及数名省级干部等充实到军区后勤保障工作中。

以后，中央军委陆续从全国抽调来了一批批后勤工作人员，逐步建立和完善了后勤分部。

1950 年 11 月下旬，高岗和张明远去朝鲜，与彭德怀等一起研究志愿军的后勤保障问题，并向中央提出：

仅靠东北军区后勤部门已不能满足朝鲜战场的需要，决定建立志愿军后勤司令部，由洪学智和邓华分别任司令员和政委，所需干部由东北局负责调配，并决定把九兵团的后勤部扩建为第四分部。

1951年1月4日，周恩来在与高岗、李富春等反复研究后，认为可以组成以周纯全为部长、李聚奎为第一政委、张明远为第二政委的东北军区后勤部领导机构。

为此他特别致电彭德怀并告高岗，征求他们的意见，同时请他们决定：

在前方是否需要成立志愿军后勤司令部，受志司指挥，归东北军区后勤部管理。

1951年1月底，第四次战役打响后，前方供应很困难，东北军区后勤部部长李聚奎到金化志愿军司令部了解供应情况。当时东北军区后勤部离前线很远，只有一个指挥所，力量太单薄，适应不了现代化大规模战争的需要。

2月25日，周恩来与彭德怀共同召集中央军委总部负责人开会，军委扩大会议在中南海居仁堂总参谋部会议厅召开，讨论各大军区部队轮番入朝和如何保障志愿

军物资供应的问题。

彭德怀首先介绍了志愿军在朝鲜前线作战中物资、生活、兵员等各方面存在的严重困难,他希望国内军队和地方都要全力支援。

会后,周恩来连续主持中央军委会议,对加强志愿军第一线兵力和后勤供应问题作出重要决定:

> 调用国内各种物资大力支援前线;由国内几个大城市为志愿军制作炒面和罐头食品;号召国内各行业增产节约和捐款购买飞机大炮。

此后,北京等许多大城市的干部群众昼夜为志愿军赶制炒面,迅速送往朝鲜,暂解了志愿军断粮之苦。以后随着条件的改善,国内的支援工作逐渐走上了正轨。

4月6日,志愿军党委在金化郡上甘岭召开第五次常委扩大会议,彭德怀号召各兵团、各军和后勤部门,必须尽最大努力,扎扎实实做好后期保障工作,特别是粮食弹药,不可疏忽大意。彭德怀指出:

> 对于后勤工作,再三重复一句,要特别认真,对东线五个军的粮食供应,如果一天没有饭吃,再好的计划都完了。如这次打胜了,全体指战员的功劳算一半,后勤工作算一半。

彭德怀讲话以后，洪学智就战役的后勤保障发了言。洪学智说：

> 第三、四次战役，我志愿军只有六七个军，还打了胜仗。这次增加到14个军，炮兵由4个师增加到11个师，工兵增加到9个团，还有4个坦克团第一次参战，志愿军的兵力成倍增加，再加上朝鲜人民军，完全有力量打一个大胜仗。同时，由于部队数量增加，志愿军的后勤保障难度也增大了。到4月初，志愿军已囤积粮食3000万斤，弹药3至5个基数，但就怕到时运不到第一线，战士们吃不上饭。

为了解决这个问题，洪学智要求后勤部门和各部队都要努力改进运输，加紧囤积粮弹、汽油等物资。

战役发起时，各参战部队自带5天干粮，另由各后勤分部准备5天干粮，随部队跟进。

同时需用一切努力，克服南进时300公里无粮区的困难，使部队能不断获得粮食、弹药供应。

即便如此，由于种种原因，还是出现了供应不足问题。

后勤保障

周恩来听取后勤供应情况汇报

1951 年 4 月，第五次战役开始后不久，正在检查工作的洪学智接到彭德怀的电话，要他马上赶到志愿军司令部。

洪学智刚走进彭德怀的办公室，彭德怀就大声说："老洪，你马上回国。"

"回国？"洪学智愣了。

"党中央和军委对后勤工作都很关心，你回去向总理汇报一下我们前线后方的供应情况。"

回到北京，洪学智先到帅府园中央军委的驻地报到。聂荣臻代总长对他说："周总理正等着你呢，快去吧！"

由于日夜兼程，洪学智的军装浑身泥污，他当时也顾不了许多，就急急忙忙赶到了中南海周恩来的办公室。

周恩来已经站在门口等洪学智了。洪学智向他敬了军礼。

周恩来紧紧握住洪学智的手说："洪学智同志，你一路辛苦了！"

洪学智说："周总理辛苦！"

周恩来让他坐下，关切地问："前线作战情况怎么样？"

洪学智向周恩来简要地汇报了前线的基本情况，然后说：几次战役打下来，我们吃亏就吃在没有制空权，敌机的轰炸破坏使我军遭到了极大损失。敌机经常一折腾就是一天，见到人就猛冲下来扫射，扔汽油弹、化学地雷、定时炸弹、三脚钉……晚上是夜航机，战士们叫"黑寡妇"，也不盘旋，炸弹便纷纷落下，到处是大火，主要是阻滞我军的行动。

周恩来十分严肃地说："美帝国主义欺负我们，疯狂到了极点。但是他们没想到，在他们的海空优势下，我们却打到了三八线。美军这是第一次在世界上吃败仗。不过，志愿军要想不吃亏，就得研究对付敌机轰炸的办法。"

洪学智说："志愿军司令部在后方的支援下，已经加强了高炮部队，并已在关键点上增设了防空哨。现在我军主要是靠勇敢精神。比如运输车遇到敌机轰炸时，有的就开足马力，猛跑一阵，带起数百米的尘土，搞得敌人不知是怎么回事，惊呼共军的汽车施放了烟幕弹。"

周恩来笑了，他说："战士们的勇敢精神，打掉了'恐美病'。同志们付出了鲜血，但教育了5亿人。"

说到这儿，周恩来沉思了一会儿说："美国会不会登陆中国？现在还不能肯定，但是前线我方胜利越大，登陆的可能性就越小，所以，前线一定要打好。中央军委考虑，要尽快出动飞机，当然，我们的飞机有限，只能给敌机造成一点混乱，振奋一下士气。"

洪学智说："前线将士都盼望我军出动飞机。"

后勤保障

周恩来说:"中国有飞机,许多与我国有伟大友谊的国家有飞机,但飞机参战还不是时候,这个你当副司令的应该是很清楚的。"

洪学智一想确实如此,飞机要吃汽油。如果用朝鲜战场现有的运输力量来供应,就是把一切军需弹药都停运,也不见得行呀,后方供应制约着战役的规模,这一点也不假。

周恩来还问了不少战场上的细节问题,又问:"供应主要是什么问题?"

洪学智汇报说:"志愿军没有防空力量,公路运输线长达数百公里。第三次战役时,前面兵站与后面的兵站相距三四百公里,形成中间空虚,前后脱节。另外,后勤高度分散,也没有自己独立的通信系统,常常联络不上。"

周恩来说:"所以,外国的军事家说,后勤是现代化战争的瓶颈。志愿军后勤必须加强,中央军委考虑,要给志愿军后勤增派防空部队、通信部队……"

洪学智说:"军委的决策太正确了。后勤现存的主要问题是供应不及时。第三次战役,部队是在挨饿受冻的情况下打败敌人的。如果供应得好,胜利会更大。现在战士有三怕,一怕没饭吃,二怕无子弹打,三怕负伤后抬不下来。"

周恩来神情严肃地听着,点着头,不时地用铅笔在纸上写几个字。

洪学智接着说："现在敌人参战的飞机已由 1000 多架增到了 2000 多架，并由普遍轰炸转向破坏我运输线。特别是凝固汽油弹对我地面仓库、设施危害最大。敌人还派遣大批特务潜入我后方指示目标轰炸。

"4 月 8 日，敌机向我三登库区投掷了大量燃烧弹，一次就烧毁了 84 节火车皮物资，其中有生熟粮食 287 万斤，豆油 33 万斤，还有大量其他物资。后方供应的物资只能有百分之六七十到前线，百分之三四十在途中被炸毁……"

周恩来听到这里，脸上露出了十分严峻的神情。

洪学智又说："我们志愿军也采取了一些积极预防措施。每次战役发起前，除汽车装满、马车装足外，人员还加大量携带，一个战士携行量达六七十斤。在部队运动迅速、供应困难、后勤跟进不及时的情况下，这是一线作战部队生存和战斗的必要保障手段。"

周恩来说："我们的战士辛苦了。"

洪学智说："战士虽然苦一点，但感到还是这样保险一些。"

周恩来问："听说美军常常把丢弃的作战物资炸毁呀？"

"是这样的，所以在前线，取之于敌十分困难。正因为如此，志愿军采取的第三条措施就是与朝鲜政府协商，开展就地借粮。"

"这可以解决一部分问题吧？"

后勤保障

"可以。但是在三八线以南至三七线一段地域不行。这里原为敌人占领，经过敌人反复搜刮，而且当地人民对志愿军也不了解，就地筹措非常困难。形成了300公里的无粮区。"

周恩来焦急地问："对此，你们采取什么措施没有?"

洪学智说："采取了。彭总让尽量想办法解决。我们主要是改进运输方法，组织多线运输，并由成连成排运输，改为分散运输跑单车。另外，实行分段包运制。这样各汽车部队可以熟悉本段敌机活动规律和道路情况。再就是在沿线挖掘供汽车隐蔽的掩体，这可以减少人员、车辆的损失。"

周恩来问："这样做有效吗?"

洪学智说："大大提高了运输效率。"

周恩来说："抗美援朝战争，对我军后方供应提出了许多新的问题。你们要好好研究一下现代战争后勤工作的特点。美帝国主义者气势汹汹，不可一世。扬言去年圣诞节就结束朝鲜战争。事实上，不但没结束，我军反而打到了三七线。我们以劣势装备打败了有海空优势、装备先进的美国，这对我国人民和世界人民都是很大的鼓舞。对世界各国人民反帝斗争也是很大的支援。过去，美国南北战争时，北美的装备比南美差，也是北美打败南美。我分析美国不敢在中国大陆登陆。英法怕扩大战争，说：'进攻中国就是战略上的失败。'我们同朝鲜人民一道，克服困难，不怕牺牲，一定能打败武装到牙齿的美帝国主义。"

洪学智回朝鲜后，中央军委专门派总后勤部部长杨立三、副部长张令彬，空军司令刘亚楼和炮兵司令陈锡联等同志到空寺洞志愿军司令部，具体了解后勤困难，研究如何加强对志愿军后勤的支持，如何加强志愿军的后勤建设。

彭德怀对杨立三、张令彬、刘亚楼、陈锡联说：

"现在最困难、最严重的问题就是后勤供应问题，就是粮食供应不上、弹药供应不上的问题。

"要解决这个问题，就要加强后勤建设。而当务之急呢，就是要迅速成立志愿军后方勤务司令部，不解决这个问题，其他的问题都不好解决！这个问题我4月份已让洪学智向周总理反映了，现在我再反映一下。"

1951年5月3日，在志愿军党委全面总结战略反攻阶段后勤经验教训的基础上，由洪学智起草了《关于供应问题的指示》。"指示"充分肯定了后勤在现代战争中的地位和作用，指出：

　　战争是人力、物力的竞赛，尤其是对与具有高度技术装备的美军作战，如果没有最低限度的物资供应，要想战胜敌人是不可能的。必须认识到在敌人掌握了制空权，我军车辆又不够，而百万大军包括大炮、坦克、工兵等等，一切物资都需从国内运来的情况下，后勤工作

是极为困难复杂的，没有全军的协助，仅仅依靠后勤部门同志的努力，要完成此种艰巨任务，那是不可能的。后勤工作是目前时期我们一切工作中的首要环节。

不久，志愿军党委将《关于供应问题的指示》上报军委，军委很快批准了。

1951年5月19日，为了加强对志愿军后勤的领导，中央军委作出了关于加强志愿军后方勤务工作的决定：

1. 立即成立志愿军后方勤务司令部，负责管理在朝鲜境内之一切后勤组织与设施；

2. 志愿军后方司令部，直接受志愿军首长领导；

3. 加强各大站及军、师、团各级后勤工作的领导。各分部副部长兼任各大站站长，军师、团后勤部（处）长由军师团副职兼任；

4. 凡过去配置志愿军后方勤务部之各部队，统归志愿军后勤的建制序列。

根据这一决定，志愿军后方勤务司令部于6月成立，志愿军副司令员洪学智兼任司令员，周纯全任政治委员。

抢修抢运钢铁运输线

在抗美援朝中，铁路部门组建了两支队伍，一是由铁道兵组成的志愿军铁道兵团和铁路工程队，担负线路抢修；二是由铁路运输职工组成的志愿援朝大队，深入朝鲜铁路各站段，与朝方共同负责军事运输。这两支队伍约5万人，担负铁路的抢修、抢运。

1950年12月，东北人民政府和东北军区联合发出《关于加强铁路工作的决定》，决定以临时指挥所为基础，成立东北军区铁道运输司令部，刘居英任司令员，余光生任政委，统一协调组织军事运输。

1951年1月，周恩来在沈阳主持召开志愿军后勤工作会议，总结3个月作战中的后勤工作，重点研究前线运输问题。

志愿军各兵团领导都赶来参加会议，大家都说：

千条万条，运输是第一条。

如果有吃的、有弹药，我们一定能打胜仗。

周恩来对刘居英说："居英同志，你这个铁道司令谈谈吧！"

刘居英在会上一直没吭声，他有难言的苦衷，既然

后勤保障

总理点名了，他说："总理，我就讲5分钟吧！"

结果，刘居英开口就收不住了。他一气讲了45分钟。

刘居英说：铁路站段和铁道兵战士天天在炸弹开花的条件下，用生命去保障运输畅通，险阻之烈、伤亡之大，让他十分难过，他请求支援能教训美机的高射炮。

1951年5月，刘居英入朝参战。在中央军委的任命电报中，刘居英身兼多职：中朝联合铁道运输司令部副司令员、朝鲜铁道军事管理总局局长兼政委、中朝前方铁道运输司令部司令员兼政委。

刘居英不负众望，迅速组织起运输、抢险和高炮三个指挥部，统一指挥铁道兵、高炮兵和朝鲜各个铁路分局，抓好铁路抢修、防护和运输工作。

刘居英办公室的电话有三条专线通国内：第一条直通周恩来办公室；第二条通往东北军区高岗处；第三条是通往铁道部的。通过这三条专线，刘居英将每天朝鲜前线的运输情况和相关要求及时地向上级报告。

周恩来也经常打电话询问运输情况和铁路修复情况，刘居英曾数次回北京当面向周恩来汇报工作。

周恩来听完刘居英的发言，他最后拍板：

给铁道运输司令部派3个高炮师。

在这次会上，大家提出了一个共同的口号：

要建一条打不断、炸不烂的钢铁运输线。

此外，为了保障志愿军和人民军作战物资的补给运输，中朝双方共同认为，朝鲜铁路必须统一管制。

经过协商，中朝双方决定在中朝联合司令部领导之下，在沈阳设立中朝联合铁道军事运输司令部。

1951 年 5 月，中、朝两国政府签署了《关于朝鲜铁路战时军事管制的协议》。

8 月，中朝联合铁道军事运输司令部正式成立，东北军区副司令员贺晋年兼任司令员，中共东北局秘书长张明远任政治委员，刘居英、李寿轩、叶林为中方副司令员，崔田民、苏尚贤（朝方）任副政治委员。

12 月，在联合铁道运输司令部之下成立了前方运输司令部，刘居英为司令员兼政治委员，中方、朝方各一人为副司令员。

中朝联合铁道军事运输司令部下辖铁路抢修部队有志愿军铁道兵团 4 个师和一个团，朝鲜一个铁道工程旅。

中朝联合铁道军事运输司令部的成立，从根本上保障了中朝联合司令部对交通运输的统一指挥，扭转了战争初期运输被动的局面。

1950 年 11 月 6 日，为了加强铁路运输，志愿军铁道兵第一师入朝，担任抢修铁路任务。

其后，铁道兵第三师、第二师于 1951 年 2 月、5 月

后勤保障

亦相继入朝。

6月20日，以直属桥梁团为基础成立了第四师。此时，在朝铁路抢修部队已达四个师、一个团、一个援朝铁路工程总队。

铁道兵第一、二、三、四、五、六、七、九、十、十一师都曾先后编入志愿军，参加抗美援朝战争。

与敌人抢时间拼速度

在抗美援朝战争期间，志愿军工兵在"一切为了前线、一切为了胜利"的思想指导下，陆续进入朝鲜。

1950年10月2日，在吉林市整训的军区工兵教导团接到东北军区司令部的急电，命令教导团立即派一个营火速赶到长甸河口抢修桥梁。

在美军空军的狂轰滥炸之下，维系中朝交通的主要通道之一——鸭绿江长甸河口公路大桥也被炸断，这使得亟待过江的车辆在两岸云集。

接到命令，工兵教导团立即集结所属的第二营的四连、五连和一个学员队共3个连的兵力，在二营营长谢义俊、教导员贾伟的率领下，于5日赶到长甸河口。

部队一到驻地，谢营长就向战士们讲清了这个渡口的重要作用，并传达东北军区首长关于迅速修复这座江桥的指示，对各个连队的任务作出具体的部署。营长讲话结束后，贾教导员作政治动员。

经过一番动员，战士们心情激愤，豪情满怀，义无反顾地投入了抢修桥梁的战斗。

抢修桥梁的工作危险而艰难。美军每天都出动飞机对大桥进行轰炸。战士们冒着敌机的猛烈轰炸，顶着深秋的寒风，顽强地与敌人抢时间、拼速度。常常是敌机

后勤保障

刚轰炸完，工程兵们就冲上大桥，开始抢修。当他们将桥梁修复后，过不了多少趟车，敌机又飞来临空投弹，炸得桥板四处翻飞。

战士们始终以坚韧不拔的毅力和连续战斗的作风，随炸随修，反复抢修，竭尽全力不使交通中断。

但是，因为缺少空中掩护，大桥最终被毁严重，难以修复。面对这种形势，二营党委召开扩大会，发扬军事民主，研究新的战法。

党委集思广益，决定在用少量兵力反复抢修公路大桥的同时，在上游不远的地方架设一座舟桥，双桥并渡，做到此断彼通，彼断此通，以保证渡口交通不易中断。

经过勘察，二营官兵们在鸭绿江上游选择了一段地形比较隐蔽、水流较缓、水面宽200多米的地方作为架桥点。随即，二营官兵们在两岸构筑桥础，开辟进出路，准备架设舟桥。

两岸桥础和进出路刚修好，一辆辆特种舟桥车便开抵江边，卸舟泛水。为加快联结舟桥的进度，干部战士都身着短裤，纷纷跳入江中推舟架桥。

为了不暴露我军企图，保守秘密，麻痹敌人，二营的官兵们就白天休息，养精蓄锐，一到黄昏就全部出动，突击作业。

10 月的东北已经是寒意阵阵，夜间水温已降到五六摄氏度。在水中作业，官兵们被冻得浑身起鸡皮疙瘩，上下牙直打架，但大家仍然坚持在水中作业，不架通舟桥不上岸。炊事班及时送来辣椒汤或姜汤，大家一手扶着铁舟，一手端起大碗喝上一阵，又继续奋战。

经过两个多小时的紧张作业，一条长 270 余米的舟桥出现在波涛起伏的鸭绿江上。

10 月 19 日黄昏，志愿军先头部队的一个师雄赳赳气昂昂地跨过架好的舟桥，挺进云山战场。不久，我军大批后续部队也从这里过江入朝。第十三兵团的领导机关和警卫团的一部在兵团司令员邓华率领下，也在夜色朦胧之中跨过这座舟桥，入朝指挥部队作战。

10 月 24 日，工兵第十六团入朝，修复清水面经朔州至昌城的公路，随后配合 3 个师属工兵营抢修五岭山急造军路。

10 月 31 日，中国人民志愿军工兵指挥所在陈正峰的率领下入朝，统一指挥入朝工兵部队。当时，独立工兵部队只有一个团，队属工兵也很少，装备以土木工具为主。在战争中，志愿军工兵是边打边建。

1951 年 7 月至 8 月，志愿军工兵第一、第四团入朝，与在朝工兵一起投入抗洪和反"绞杀战"的斗争。

同年 9 月至 12 月，有 7 个工兵团与二线部队一起，在朝鲜军民的支援下，新建了 5 条公路，并对公路干线、桥梁进行了抢修和维护，把二、三级公路普遍提高了一个等级，并在交通枢纽地区开辟了多条绕行道，在各渡口架设备用桥梁，在公路沿线修建汽车待避所等。

1952 年 6 月，志愿军领导人决定加强东、西海岸的

后勤保障

117

防御，在重点地区构筑永久性工事。为此，工兵第六、第九团于9月上旬入朝，并从第七、第十、第十八、第二十一团各抽调一个营的兵力，分别配属第四十二、第六十四、第二十、第十五军在东、西海岸及平康地区构筑工事，一个月即建成永久工事134个。

1952年7月，工兵指挥所改为工兵指挥部，谭善和任司令员兼政治委员，直接指挥独立工兵团，并负责队属工兵部队的业务指导工作。

在以后，随着战线迅速南移，道路保障任务日益加重，第四、第五次战役期间，工兵第三、第七、第十、第十四、第十八、第二十二团和一个重机械工兵营入朝。

此时，在朝志愿军工兵部队以主要力量抢修、维护道路、桥梁，保障公路干线畅通；以一部兵力协同步兵、炮兵和装甲兵抢修阵地道路，构筑指挥所、观察所、掩体等阵地工事，排除和设置障碍物。

1953年，反登陆作战准备期间，工兵又以第六、第九、第十八团和第二十一团第二营，分别配属第三十八、第六十四、第五十军，协助作战部队构筑了长达200余公里的坑道工事和大量火炮工事及阵地道路。与此同时，工兵第十二团入朝，改建和加宽龟城至介川的公路。

共和国的**历程** · 壮士出征

参考资料

《共和国五十年珍贵档案》中央档案馆编 中国档案出版社

《中国现代史资料选辑》彭明主编 中国人民大学出版社

《王平回忆录》王平著 解放军出版社

《抗美援朝纪实:朝鲜战争备忘录》胡海波著 黄河出版社

《抗美援朝战场日记》李刚著 解放军文艺出版社

《血与火的较量:抗美援朝纪实》栾克超著 华艺出版社

《烽火岁月:抗美援朝回忆录》吴俊泉主编 长征出版社

《伟大的抗美援朝运动》中国人民抗美援朝总会宣传部编 人民出版社

《开国第一战:抗美援朝战争全景纪实》双石著 中共党史出版社

《我们见证真相:抗美援朝战争亲历者如是说》杨凤安 孟照辉 王天成主编 解放军出版社

《志愿军援朝纪实:有关抗美援朝的未解之谜》李庆山著 中共党史出版社

《朝鲜战争——揭秘东北亚政治困境》王树增著 人民文学出版社